프리하지 않은
프리랜서 라이프

일러두기

- 본 도서는 국립국어원 표기 규정 및 외래어 표기 규정을 사용하였습니다. 다만 일부 입말로 굳어진 경우에는 저자의 표기를 따랐습니다.
- 도서명은 『 』로, 영화, 방송 프로그램, 곡명은 「 」으로 표기하였습니다.

회사도
부서도
직급도
없지만

프리하지 프리랜서 라이프

김지은 지음

지콜론북

프롤로그 8

1장 프리랜서로 살고 있습니다만

1. 프리랜서 김지은입니다 14

2. 프리 백수 시절 16

3. 프리랜서에게 필요한 것 19

4. 마감이 코앞이다 22

5. 프리랜서가 듣는 단골 멘트 TOP 5 24

6. 솔직한 이야기를 나눌 수 있는 친구 26

7. 현금이 아닌 작업료 27

8. 천천히 기어가 보렵니다 30

9. 늘 야근하는 인생 32

10. 프리랜서의 하루 34

11. 때론 먹고살기 위한 일 35

12. 갑과을, 그 기묘한 관계 36

13. 인생은 타이밍 38

14. 가끔은 모셔야 하는 최저임금님 40

15. 혼자만 '프리'한 통장 42

16. 카페에서 일하는 프리랜서란 43

17. 방구석 계절감 44

18. 작업실, 빵집, 편의점 삼중주 46

19. 사원증 47

20. 아직은 쑥스러운 48

21. 잉여로움을 누리다 50

22. 불안하지 않은 척 52

23. 첫인상 53

24. 생각보다 힘들고 생각만큼 즐거워 54

25. 새벽 세 시의 딴짓 56

26. 여유 같은 소리하고 있네 57

27. 프리랜서의 오후 세 시 58

28. 행복은 체력 순 60

29. 내가 고르는 점심 메뉴 61

30. 점점 미뤄지는 건강검진 62

31. 월요일의 늦잠 64

32. 강아지라도 길러 봐 66

33. 이제는 내가 해야 할 일 68

34. 적게 먹고 적게 싸는 삶 70

35. 딴짓의 힘 71

2장 놀고 있는 것은 아닙니다만

1. 일상의 여유 74

2. 버킷 리스트 76

3. 이래 봬도 수업 시간입니다만 78

4. 건네받은 사과 한 조각 80

5. 운동 좀 해볼까 84

6. 오늘도 꽤 그럴싸한 SNS 86

7. 한 시간의 점심 88

8. 소개팅보단 미팅 90

9. 퇴사 결심보다 더 힘든 결정 92

10. 브라더와 나 95

11. 그래도 가끔 그리워 98

12. 마감보다 어려운 연애 100

13. 먹고살 걱정은 그대로 102

14. 한약보다 더 힘이 솟는 덕질 104

15. 아무것도 하기 싫다 110

16. 부귀영화보단 '영화' 감상 111

17. 자유롭고 솔직한 사이 114

18. 일흔 살에도 일하고 싶어 116

19. 점점 더 멀어진 다이어트 118

20. 연습이 답이다 120

21. 내 인생 리듬 타기 121

22. 상비 간식 리스트 124

23. 이번 달 교통비 12,070원 126

3장 내가 나를 다독여야 합니다만

1. 내게 맞는 옷 130

2. 나의 길을 갑니다 132

3. 잘 먹고 지냅니다 135

4. 매일 조금씩 쓰는 일기 138

5. 오늘 밤도 이불킥 140

6. 일상의 소리를 찾아서 141

7. 일상 속 음악 리스트 144

8. 슬픔이 잠식할 때 146

9. 술보다 빵 148

10. 스물네 시간이 모자라 153

11. 단짝 대신 단짠 156

12. 야근엔 생라면 158

13. 대인관계와 데인관계 사이에서 160

14. 로또 일 등이 되는 날 162

15. 아이디어 짜내는 중 164

16. 믿지 않겠지만 공부 중 166

17. 좀처럼 괜찮아지지 않는 날 169

18. 혼자가 뭐 어때서 172

19. 싫은 걸 어떡해 174

20. 거절하는 법 177

21. 직장인 VS 프리랜서의 뇌구조 180

22. 결혼할 수 있을까 182

23. 이 길이 맞는 걸까 185

24. 조급함과 친해지는 법 188

25. 이직의 끈 191

26. 외로움도 친구로 194

27. 효도는 셀프 195

28. 노 일, 노 머니 197

29. 착한 사람 구별법 198

30. 내려놓기 201

31. 의외로 엄청난 위로 204

32. 바보들 이야기 207

33. 다신 없을 체육대회 209

34. 어른이 되어보니 212

35. 또라이 질량 보존의 법칙 214

36. 금팔찌보단 손목 보호대 219

4장 언젠가는 여행했습니다만

1. 여행 준비물 224

2. 중2병보다 무서운 여행병 225

3. 환승의 압박 226

4. 당찬 계획 230

5. 살다 보니 영국에 두 번 오네 232

6. 바디랭귀지와 콩글리시 사이 234

7. 여행 같은 소리하고 있네 237

8. 혼자 여행자에게 곤란한 것 240

9. 친구를 사귀는 주문 242

10. 떡볶이 금단현상 244

11. 여행 컨디션 246

12. 마트를 털자 248

13. 낙서는 나의 힘 250

14. 문화 충격 252

15. 여행에서 만나는 것들 255

16. 여행하다 지칠 때 257

17. 여행이 끝나간다 260

18. 아흔아홉 통의 엽서 263

19. 비행기를 놓쳤다 265

20. 어쩜 늘 이래 269

21. 여행의 이유 272

22. 동네 여행이 좋아 273

23. 호수가 보이는 어느 빵집 276

24. 모로 가도 잠실만 가면 된다 278

25. 추억의 종로구 280

26. 홍대 밀가루 투어 283

27. 없는 것 빼고 다 있는 287

에필로그 292

잘해낼 수 있을 거야

"지은 씨는 밝은 사람인 것 같아요."

언젠가 소개팅에서 상대는 내게 이렇게 말했다. 생각해본 적 없는 대사여서 순간 '잉?' 하는 생각을 하고 말았다. 아 저 사람에겐 내가 '밝은' 사람으로 보이는구나. 그러다 그만 내 앞에 앉은 상대를 두고도 내 생각을 하고 말았다. 나는 원래 밝은 사람인가? 그렇지, 활달하고 밝은 사람이었지. 그러다 갑자기 과거형을 붙이게 된다. 아니, 밝았던 것 같다.

온종일 마감과 밀당하며 야근과 연애하던 직장인 시절, 나는 내가 꽤 야무지고 일도 곧잘 한다고, 그리고 대인관계도 잘 유지하고 있다고 생각했다. 아니, 그렇게 생각해야 고된 하루를 잘 보냈다고 위로받는 것만 같았다. 문제는 따로 있었다. 나는 분명 연차도 쌓여가고 연봉도 조금씩 올라가고 직급이라는 것도 생겼는데 내가 뭘 쌓고 있는지, 나는 누구인지, 스스로에 대한 확신이 희미해지고 있었다.

그렇다. 나는 '그 누구도 아닌 사람'이 되어가고 있었다. 회사에선 거절을 못 하는 성실한 일개미이고, 친구들과 있을 땐 재미있고 넉살 좋은 나였지만 가족들에겐 짜증 섞인 깐깐함과 무뚝뚝함으로 시종일관 툴툴거리는 피곤한 존재였다. 타인에겐 관대하지만 스스로에겐 미련하고 가혹했다. 흘러가는 세월을 따라 사람도 변한다지만 명랑했던 나는 어디로 흘러가 버린 걸까? 나이만 먹어갈 뿐 나와는 점점 더 멀어지는 것만 같은 그때, 오랜만에 방 청소를 하며 옛날에 써둔 일기를 보았다. 차마 누구에게 보여줄 수 없는 오글거림과 부끄러움을 넘나드는 내용이었지만 그 안에는 나조차도 잊고 있던 밝게 빛나는 내가 있었다.

내가 어떤 사람인지
어떤 걸 좋아하는지
어떨 때 행복했는지
슬플 땐 무엇을 했는지

반짝거리던 내 모습을 멍하니 바라보다 야근을 하기 위해 태어나 뒤돌아 볼 겨를조차 없는 어른의 삶을 살아내고 있는 내 모습이 어쩐지 애달퍼 보였다. 그나마 좋아하는 일을 하니까, 그러니까 괜찮다고, 조그만 더 참으면 행복해질 거라고 주문을 외우듯 그날도 억지 위안과 희망고문을 하고 있었다. 그런 내가 펼쳤던 오래전 일기장엔 나조차 잊고 있었던, 내가 그토록 바라던 나의 모습이 있었다. 방향을 잃고 맴돌기만 하던 마음에 조금씩 용기가 스며들기 시작했다.

무엇이 됐든, 설령 그게 더 힘든 길이 된다 한들 갈 수 있을 것만 같은 마음이, 해낼 수 있을 것만 같은 힘이 생겨났다. 그렇게 시작된 프리랜서의 삶. 여전히 나의 하루는 서툴고 실수투성이지만 언젠가 다시 만나게 될 반짝이던 나를 위해 오늘도 힘을 내 걸어가 본다.

그럼, 잘해낼 수 있을 거야.

김지은

1장

프리랜서로 살고 있습니다만

프리랜서 김지은입니다

회사명도 부서명도 직급도 직통 전화번호도 없는 명함.
이름과 메일 주소, 휴대폰 번호만 적힌 가뿐한 명함.
아직 익숙하지 않은 프리랜서라는 수식어.
서른 살에 '나 혼자 사무실'로 입사한 프리랜서 라이프.

나, 잘해낼 수 있을까?

프리 백수 시절

작은 구멍가게 문 안쪽에서 파리채를 안고 꼬박꼬박 조는 할머니처럼 프리랜서라고 간판은 달았지만 좀처럼 손님이 오질 않던 그 시절을 나는 '프리 백수 시절'이라 부른다. 누군가에게 부탁을 잘하는 성격도 못 되고 퇴사 이후에 할 일을 미리 준비해둔 것도 아니었기에 본의 아니게 퇴사 이후에는 잠시 쉬어야 했다. 언젠가 일이 들어오지 않을까 하는 막연한 생각은 있었지만, 구체적으로 움직일 방도를 몰라 하루하루를 흘려보냈다.

불안했지만 동시에 조금이나마 여유를 즐길 수 있는 시간이기도 했다. 이때는 날마다 비슷한 하루를 보냈다. 매일 느지막이 일어나 과자와 드로잉 노트를 챙겨 들고 동네 공원을 거니는 게 그날의 가장 큰 '할 일'이었다. 일상의 감각을 놓치면, 순식간에 게을러질까 봐 게으른 와중에도 동네 공원을 매일 꼬박꼬박 걸었다. 매일 걸었던 길인데도 천천히 걸으면 다르게 보였다. 작은 소득이 없었던 것은 아니다. 공원의 이름 모를 풀이 '원추리'였다는 것을 알게 된 것도 그때였다. 그렇게 이제껏 바삐 걸으며 눈길조차 주지 않던 것들

백수가 되고 나니 더 바빠진 하루와 연말.

…왜지?

을 하나씩 들여다보는 버릇이 생기기 시작했다. 나도 한가로웠던 주제에 더 한가로워 보이는 오리들을 부러워하며 시간을 보냈다. 멍하니 호수를 바라보며 나에게도 다시 바쁜 시간이 돌아올까, 하고 중얼거렸다. 불안했지만 그때마다 더 깊이 생각하지 않으려 애썼다.

퇴사한 지 사 년이 다 되었다. 일이 꼬박꼬박 들어온 덕택에, 어느새 밤잠을 줄여가며 바쁘게 마감을 하는 내 모습이 이젠 익숙해져 버렸지만, 그때의 시간이 가끔 그립다. 그럴 때면 그날이 있어서 오늘을 견딜 수 있는 힘이 생긴 것이라 믿고 싶어진다. 지금도 공원을 지나칠 때면 그 시절이 가끔 떠오른다. 조용하게 처절했던 시간이었으니까.

그런데 가끔씩 그 시절이 그립고, 또 부러울 때가 있는 건 왜일까?

프리랜서에게 필요한 것

◇ 프리랜서 필수 아이템

적당히 무던한 성격, 여유로운 마음, 비수기 때 허리띠를 졸라맬 수 있는 정신력, 아무리 힘든 상황이 와도 꿋꿋하게 버티는 심지, 오메가3나 고함량 종합 영양제보다 더 필요한 강력한 멘탈.

◇ 프리랜서 준비물

야무지게 연말정산하기, 기초 세무 상식 제대로 알고 있기, 저작권 내용 확실히 숙지하기, 서로 기분 나쁘지 않게 일 거절하기, 마감을 버틸 체력 키워두기, 일의 순서를 헷갈리지 않도록 기억력 보강하기, 도보 가능한 거리에 있는 취향 저격 카페 리스트업 채우기, 아직도 맛을 잘 모르지만 그래도 취향에 맞는 커피 사 놓기, 새벽 작업을 버티게 해줄 생라면과 바삭바삭한 과자, 포근포근 부드러운 빵은 출출할 때 바로 집을 수 있도록 구비해두기, 세상 편한 트레이닝복 몇 벌 쟁이기, 적막한 방 안을 채워줄 음악 리스트와 혼자 있다고 느끼지 않게 해줄 라디오 채널 미리 맞춰두기, 속마음을 털어놓을 수 있는 속 깊은 친구, 언제나 파이팅 넘치는 긍정적인 친구와 수다 떨기, 언제 불러도 나올 준비가 되어 있는 여유로운 잉여 친구. 어쩌면 제일 중요할지도.

◇ 프리랜서 삭제 품목

고정수입, 보너스, 출근, 퇴근, 지옥철, 동료, 소속감, 하이힐, 주간 회의, 야근 식대, 콩나물국밥, 휴가, 업무용 단톡방, 승진 스트레스, 회식, 워크숍, 체육대회, 팀장님 뭐 드시고 싶으세요?, 팀장님 퇴근 언제 하세요?, 팀장님 커피까지 미리 센스 있게 사 오기, 부장님의 슬리퍼 소리, 과장님의 담배 꼬랑내, 그리고 그 모든 의미 없는 직급, 인턴, 계약직, 신입사원, 주임님, 대리님, 과장님, 부장님, 차장님, 이사님, 사장님, 회장님.

◇ 프리랜서 프리미엄 혜택

출근복이 곧 파자마, 매일 머리 안 감기, 세수 안 하고 하루 종일 일하기, 화장 안 하기, 지옥철 안 타기, 점심 메뉴 내가 정하기, 평일 대낮의 브런치 약속, 합법적 집순이, 오전의 카페, 대낮의 목욕탕, 새벽의 영화관, 느긋하게 평일 오전에 전시회 감상하기, 맛집 줄 안 서고 먹기, 비수기의 여행, 기다리지 않고 바로 택배 뜯어보기.

◇ 프리랜서 1+1 이벤트

출퇴근은 없지만 밤낮 가리지 않는 항시 대기 라이프라는 것을 자각하기, 현실을 잊고자 떠나온 여행지에서 클라이언트의 요청을 받아 수정 작업할 때 성질 내지 않기, 공중화장실에서 물을 내리려는 찰나 급하게 울리는 휴대폰에 식은땀 흘리며 조심히 받지만 때마침 옆 칸에서 들려오는 물 내리는 소리, 때론 투 잡&쓰리 잡&아차 실수하면 포 잡이 될 수도 있다는 점 자각하기, 외부 일정 중이라고 말하자마자 부엌에서 밥 먹으라고 외치는 엄마의 사랑 고백 조심하기.

마감이 코앞이다

클라이언트에게 의뢰 받은 일을 새벽까지 작업하다가 갑자기 그런 생각이 들었다. 혹시 이 모니터 앞에서 생을 마감하게 되는 건 아닐까? 새벽과 아침의 경계가 희미해진 프리랜서의 고된 삶을 한탄하다, 어쩐지 프리랜서의 삶이란 건 찜질방과 닮았다고 생각했다. 일정을 마무리하는 마감 날이 열탕이라면 마감이 끝난 후엔 양머리를 쓰고 식혜도 마시고 계란도 까먹으며 유유자적 매점을 순회하지만, 마감 날이 다가오면 다시 계란을 입에 문 채 부리나케 한증막으로 들어가는 모습과 똑, 닮았다.

무슨 말이냐면
숨을 쉴 수 없다, 이 말이다.

프리랜서가 듣는 단골 멘트 TOP 5

1. 나도 너처럼 살고 싶다.

2. 근데 진짜 얼마 벌어?

3. 돈 많이 벌었다며? 부럽다 얘.

4. 넌 퇴사 걱정 없잖아?

5. 잘 지내지? 나 부탁할 게 있는데 지금 잠깐 괜찮아?

대충 해도 돼~.

십여 년 만에 연락해오는 사람들을 보면
화를 내다가도 스스로 다짐하곤 한다.

솔직한 이야기를 나눌 수 있는 친구

아무런 이유도 없이

아무 때나 불러도

아무렇지도 않게

튀어나와 주는 너는 동네 친구.

feat. 제발 이사 가지 마시게.

현금이 아닌 작업료

언젠가 어느 토크쇼에서 한 연예인이 행사 비용을 돈 대신 붓글씨로 받았다고 말하는 걸 본 적이 있다. 당시 직장인이었던 난 내심 '저럴 일 없어서 다행이다'라고 안심했다. 몇 년 후, 그 연예인처럼 유명 작가의 붓글씨라도 받는 건 다행이라는 생각을 하게 되었다.

여행 관련 일을 했던 때다. 자주 가진 못하지만, 워낙 여행을 좋아해 사전 답사 요청도 흔쾌히 수락했고 열심히 작업했다. 하지만 작업이 끝난 뒤 한 달이나 지났을까. 업체에서 연락이 왔다. 내부 사정(재정 부족)으로 전체 금액을 지급하기 어렵다고 했다. 혹시 대금의 반은 여행으로 대체할 순 없겠냐는 요청을 해왔다. 순간 너무 당황해서 아무 생각도 할 수 없었다. 일단 생각해보겠다며 전화를 끊고 곰곰이 생각했다. 의뢰 금액이 많진 않았지만 오죽 힘들면 이런 제안을 할까 하는 생각에 나 또한 재정 부족 상황이었음에도 불구하고 수락했다. '이왕 수락한 거 좋은 마음으로 다녀오자'라고 생각했지만 역시 이 제안이 끝이 아니었다. 자유 여행처럼 생각했던 내 오해와 달리, 여러 인플루언서 사이에 끼어 가야 하는 패키지 여행인 데다 일정 또한 내가 선택할 수 없었다. 게다가 날짜조차 정해지지 않아 연락하면 그때 갈지 말지 결정하라는 식이었다. 뭐, 결정했으니 도리 없지. 업체에서 연락이 오기만 허송세월 기다려야 했다. 어찌어찌 겨우 시간을 조율했지만 여기서 끝이 아니었다. 담당자는 윗선에 보고서를 내야 한다며 간 김에 여행지에서 그림을 그려 개인 SNS에 올려줄 수 있겠냐는 부탁까지 해왔다.

이것은 부탁인가 부탁을 가장한 의뢰인가. 여행으로 받을 잔금이 다른 일을 위한 수단이었나 하는 생각에 당황스러움이 밀려왔다. 결국 나는 남은 대금을 현금으로 요청했고 일 년이 지난 후에야 잔금을 받을 수 있었다. 마지막 잔금이 입금된 걸 확인한 순간 그 업체의 일을 위해 사전 답사 차 방문한 행사장을 떠올렸다. 그날 행사에서 사회를 봤던 유명 연예인에게도 대금의 반을 여행으로 제안했을까? 하는 쓸쓸함이 들었다. 노동의 삯을 곡식으로 받던 조선시대의 경제 상황을 현대사회에서도 받아들일 준비가 되어 있는가? 그렇다면 당신은 프리랜서의 자질이 충분하다고 할 수 있다.

천천히 기어가 보렵니다

하고 싶은 일은 많고
가진 건 없지만 꿈은 크다.
퇴사를 걱정했던 사람들도
우려하는 친구도 있었지만,
그래도 언젠간 해낼 거라고 다짐한다.

꿈이 있으니까 해낼 수 있지 않을까?
힘은 들지만 천천히 가다 보면
언젠간 꿈을 이룬 내 모습을 보게 될 테니까.

늘 야근하는 인생

출근도 퇴근도 없는 이상적인 프리랜서의 삶. 이 아름다운 말에는 상시 야근이라는 무시무시한 뜻이 숨겨져 있다. 'free'라는 강렬한 뜻 때문에 뒤따라오는 'lancer'의 뜻을 아는 사람은 별로 없을 것이다. 중세에 기원을 두고 있는 'freelancer'는 왕이나 영주가 충분한 병력을 상시 유지하기 위한 비용이 부담스러워 전쟁 시 용병을 활용했는데, 그중 말을 타는 창기병^{lancer}을 용병으로 계약했다. 어떤 영주에게도 소속되지 않았기에 소속 관계도, 고용주도 없는 용병이 '프리랜서'의 어원이자 환상의 민낯인 셈이다.

그 때문에 프리랜서는 '자유롭게 일하는 사람'이 아니라 '언제든지 전쟁에 끌려나갈 시간과 목숨이 준비된 용병'이라고 부르는 것이 맞겠다. 그래서 프리랜서를 시작하면서 혼자 결심한 게 있다.

언제든지 (일)할 준비가 되어 있을 것.
언제든지 (수정)할 준비가 되어 있을 것.
언제든지 (마감)할 준비가 되어 있을 것.

어쩌다 보니 일에 파묻혔다.

이게 다 돈이면 좋을 텐데…!!

으하하하하하

프리랜서의 하루

때론 먹고살기 위한 일

　메일 제목만 봐도 재밌을 것 같은 일이 있고 어떤 때는 담당자의 목소리만 들어도 '먹고살기 위한 일이구나'라고 느껴지는 일이 있다. 그리고 어떤 때는 분명 재밌는 일이라고 생각했는데 결국 그렇지 않은 일이었던 때도 있다. 마음 같아선 재밌는 일만 하고 싶지만 그렇게 골라 작업하다간 길거리에 나앉을 게 뻔하기 때문에 조용히 메일함을 열어볼 뿐이다. 먹고살기 위한 일들은 대부분 '적은 작업료, 많은 작업량, 빠듯한 일정'이 3종 세트로 딸려 온다. 그 때문에 잠을 포기하거나 주말을 포기해야 하는데 그럴 때면 도통 포기를 모르는 월세와 각종 공과금을 떠올리며 마음을 다잡곤 한다.

　누가 뭐래도 가장 재밌는 일은 어디든 계획 없이 돌아다니다 아무 카페에 들어가 낙서하며 복잡한 머릿속을 내일로 미루는 것 아닐까? 어쩌면 그런 재밌는 일을 하기 위해 먹고살기 위한 일을 하는지도 모르겠다. 어쩔 수 없다. 노는 게 제일 재밌으니까.

갑과 을, 그 미묘한 관계

친해지기엔 조심스럽고 조심스럽기엔 친밀해야 하는 (연애보다 어려운) 클라이언트와의 업무 채팅창. 주말 내내 고요하게 닫혀 있던 채팅창이 월요일 오전 아홉 시가 되자마자 세상 반가운 인사말과 함께 안부 인사를 나눌 새도 없이 쏟아지는 수정사항들. 끝날 기미가 보이지 않는 무한 수정에 입가에 웃음기가 사라진 지 오래지만, 오늘도 웃는 얼굴(^^)로 '감사합니다~'라고 외치고 있는 나. 재미있는 이모티콘을 보내면 가벼워 보일까? 진중하게 예의를 차리면 답답하고 차가워 보일까? 연애 때도 안 해본 고민을 하며 밀당을 하고 있는 이 사이 대체 무슨 사이?

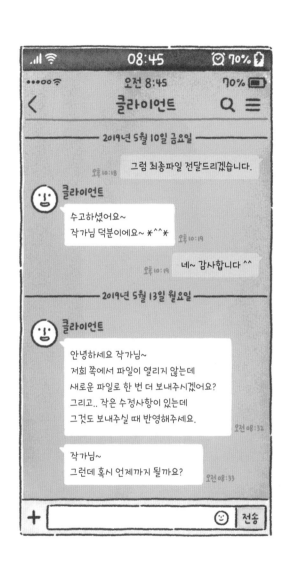

인생은 타이밍

사랑하는 마음을 전하는 것도, 미안한 마음에 용서를 구하는 것도, 부모님께 효도하는 것도, 맹렬히 공부하는 것도, 훌쩍 여행을 떠나는 것도, 미련을 버리고 포기할 줄 아는 것도, 설령 그것이 내게 아무것도 남기지 않았더라도 계속해서 도전하는 것도.

그리고 지금 이 시간에 야식을 시켜 먹는 것도.
인생은 타이밍.

가끔은 모셔야 하는 최저임금님

프리랜서가 되고 가장 난감할 때가 작업비를 책정할 때다. 직장 생활 동안 나름의 경력과 진행했던 프로젝트들이 있기에, 프리랜 서가 되어 클라이언트에게 단가표를 보낼 때면 어림없다는 듯이 마차를 타고 등장하는 최저임금님이 있다. 최저임금님의 등장에 당황스러웠던 적이 한두 번이 아니었지만, 그때마다 머리를 숙이 고 임금님의 행차 길을 열어야 했던 이유는 '타이틀' 때문이었다.

직장에서 진행했던 작업을 온전히 나의 작업으로 보기란 어렵 다. 내 역량을 모두 펼치기 어려울 때도 있고, 내 역량이 부족해도 여러 사람과 함께 했기에 가능했던 일도 있기 때문이다. 무엇보다 그 일이 '회사' 명성을 보고 들어온 일이지 '나'에게 들어온 일이 아 니라는 것을 나도 잘 안다.

그 때문에 나를 증명하고 인정받기 위해선 소위 말해 '이름 있는 일'이 필요했다. 난 그것을 '타이틀'이라 불렀다. 그런데 그놈의 '타 이틀'이 뭔지…. 모 기업과 진행했던 작업은 푼돈에 해야만 했고, 밤 낮없이 밀려오는 수정 요구에 하루 두세 시간 쪽잠으로 버티다 병원 행으로 끝낸 작업도 있었다. 말도 안 되는 감언이설로 작업비를 줄이는 모습을 속수무책 바라봐야 했다.

　다 말할 수도, 헤아릴 수 없는 일들을 엽전 몇 냥 받는 기분으로 해야만 했고 자비 없는 일정 앞에서도 묵묵히 봇짐을 날라야 하는 날이 허다했다. 그렇게 해서라도 임금님을 만나면 그나마 다행이었다. 때론 노동청을 앞세워 만나야 했던 날도 있었으니까. 그저 조금 더 나은 내일을 꿈꾸며 오늘 밤도 작업할 뿐이다.

혼자만 '프리'한 통장

자유에는 책임이 따른다는 걸

나보다 먼저 안 통장.

카페에서 일하는 프리랜서란

"카페에서 일할 수 있어서 좋겠다~!" 종종 듣는 말이다. 카페에서 여유롭게 일하는 프리랜서의 모습을 상상하기는 쉽다. 하지만 디자이너이자 일러스트레이터에겐 15인치 노트북과 태블릿, 그리고 다이어리와 필기구만 챙겨도 한 짐이니 카페에 '일하러 가는 것'부터가 쉽지만은 않다. 게다가 노트북이 방전되어 작업물을 날리지 않기 위해선 분위기 좋은 카페보단 돼지콧구멍이 많은 곳이 늘 우선순위다. 게다가 그 콧구멍을 사수하기 위해 사람들이 붐비지 않은 곳을 찾아 머리를 굴려야 한다. 물론 끼니도 챙겨야 하기에 커피 맛보다는 빵이 맛있는 곳으로, 오래 있어야 하기에 전망보단 눈치가 안 보이는 곳을 골라야 한다. 그렇게 이것저것 따져서 가도 큼지막하게 한 자리 차지하는 게 눈치가 보여 괜히 딴짓만 하다 돌아오기가 다반사다. 프리랜서에게도 카페는 그저 커피 향에 머리를 식히거나 친구와 수다를 떠는 곳일 뿐이다.

방구석 계절감

이렇게 집에만 있다간 내가 벽지가 될 것 같아 창문을 보는 순간,
갈색빛으로 물든 바깥 세상에, 반쯤 걸친 외출복을 벗고
주섬주섬 트레이닝복을 도로 챙겨 입는다.
'이 미세먼지에 무슨 외출이람….' 나도 모르게 중얼거린다.

하늘도 맑아졌으니
이젠 좀 나가볼까 하고
창문을 여는 순간,
드라이기를 입에 문 것 같은 날씨에
에어컨 리모컨부터 찾게 된다.

가을도 왔으니
이젠 좀 나가볼까 하지만.
가을은… 건너뛴 것 같고.
(간추점프)

한파를 뚫고 나가보려 결심하지만
사정없이 불어오는 칼바람에 겨우 나온 용기조차 쏙 들어간다.
그렇게 자의 반, 타의 반 '집순이' 모드 ON.

그렇게 여름에는 '보풀이 일어난 면티'와 '엄마가 사 온 시장표 파자마'로
겨울에는 '수면양말'과 '수면바지'로 길들여지는 나의 사계절.

대체 계절감이 무엇인감?

작업실, 빵집, 편의점 삼중주

매일 같은 시간에 출근한 뒤, 오후 세 시쯤 간식을 사러 편의점에 갔다가, 밤늦게 퇴근하고 집에 돌아와 쓰러져 잔다. 아침이 되면 다시 회사에 간다. 단조롭기 짝이 없던 직장 시절의 삼중주. 언젠가 프리랜서가 된다면 드라마 속 프리랜서처럼 살리라 결심했다. 아침이면 공원에서 조깅한 뒤 근처 카페의 향긋한 커피와 함께 작업실로 들어와 잔잔한 음악을 들으며 하루를 시작할 거라고. 착각으로 시작된 나의 프리랜서 삼중주는 직장인 시절과 별반 다르지 않았다. 그래도 다른 점이 있다면 지휘자가 '나'라는 점 덕분에 빵집에서의 구간은 크레센도^{점점 세게}로 연주하거나 작업실의 쌓여 있는 일 앞에서도 피아니시모^{매우 여리게}로 연주할 수 있다는 것이다.

물론, 그때나 지금이나 편의점 솔로 독창으로 하루가 마무리되긴 하지만 말이다.

- 이름 : 김지은
- 직위 : 프리백수
- 다짐 : 좋아하는 일을 하자.

나도 나만의
사원증을 만들어보았다.
뭘 하든지 건강하게,
좋아하는 일을 하자.
나도 할 수 있고,
너도 할 수 있어.
우린 할 수 있다!

아직은 쑥스러운

나는 프리랜서 디자이너이자 일러스트레이터지만 두 권의 책을 출간한 작가이기도 하다. 서점 매대에 누워 있는 내 이름이 적힌 책들을 보고 있노라면 뿌듯한 마음에 동네방네 자랑하고 싶지만 내 눈에만 예뻐 보이는 건 아닌가 싶어 이내 진정하곤 한다.

초등학교 6학년 때, 장래 희망을 적어내는 시간이 있었다. 어른의 삶을 알 길 없는 6학년 코딱지들은 온통 말도 안 되는 것들을 써 내려가기 바빴다. 그중 어렴풋이 기억나는 리스트 중 하나가 '서른 살이 넘으면 책 쓰기'였다. 그때만 해도 '서른 살' 정도면 꽤 대단한 '어른'이 되었을 거라고 생각했던 모양이다.

그로부터 십칠 년 후, 이제 막 퇴사를 하고 자유로움과 불안감 사이를 오가던 시절. 나의 첫 번째 책이었던 『하루 한 페이지 그림일기』 제안 메일을 받았다. 하지만 이렇다 할 것 없는 내게 제안이 온 것을 보곤 '이건 백 프로 사기다!'라고 생각했고 메일에 회신도 안 한 채 독일 여행길에 올랐다. 결국 답답했던 편집자는 나의 SNS에 메일을 달라는 댓글을 달았고 그제야 안도하는 마음으로 연락한 뒤 진행했다. 그렇게 서른한 살 겨울에 첫 책을 출간하게 되었다. 다음 해 두 번째 책을 출간하면서 조금은 작가 행세를 할 수 있게 되었지만, 낙서만 하던 손으로 글을 쓴다는 게 익숙하지 않아 여전히 쑥스럽다. 그래도 십칠 년 전, 오늘의 나를 꿈꿨던 어린 나에게 적어도 리스트 하나는 이루었다고 말할 수 있게 됐으니 조금은 당당해도 되지 않을까.

잉여로움을 누리다

때론 마감으로 몸서리칠 때도 있지만 프리랜서 라이프를 유지하
는 이유는 하고 싶은 일을 하는 내 자아를 위해서도 아니오, 포기를
모르는 그림에 대한 열정도 아닌, 평일 오후 세 시의 카페에서 회사
사원증(a.k.a 목줄)을 챙겨 떠나는 직장인들을 바라보며 빵과 함
께 시원하거나 뜨끈한 커피를 마실 수 있어서라고 소심하게 위로
해본다.

불안하지 않은 척

걱정을 제조하는 것이 취미인 나.

어쩌… 아무리 마셔도 안 취할 거 같은데….

첫인상

직장인 시절엔 신입사원이나 새로운 직원이 들어오면 모를까. 면접을 본 지도 오래고, 새로운 만남이라곤 가끔 있는 외부 미팅과 더 가끔 있던 소개팅이 전부였기에 나의 첫인상에 대해 생각해본 적이 별로 없었다. 하지만 프리랜서가 되면서 일을 시작할 때마다 매번 새로운 사람들과 낯선 곳에서 미팅을 하곤 하는데 그때마다 몇 번 와본 사람처럼 익숙한 듯 행동한다. 준비해간 자료들을 노트북에 띄우며 야무진 척 미팅을 하지만 이내 나의 숨길 수 없는 노예 근성이 불쑥 올라와 예상과는 달리 더 많은 일을 받아들고 회의를 마친다. 잘 부탁드리겠다는 인사를 하며 회의실을 나온 뒤 자신감 넘치게 화장실 방향으로 가거나 회사 로비에서 두리번거리다 미팅을 했던 직원들과 마주치곤 했던 나의 첫인상.

그때마다 생각한다.

…야무진 모습은 작업으로 보여주겠어!

생각보다 힘들고 생각만큼 즐거워

퇴사를 결심했지만 통장 잔액을 확인하는 순간 조용히 야근하듯, 새로 들어온 일을 거절하려 마음먹지만 카드 잔액을 확인하고 조용히 작업을 수락하는 건 그때나 지금이나 다르지 않다. 이럴 줄 알았다면 회사에 좀 더 내 맘대로 다녔을 텐데 하며 뒤늦은 후회를 하지만 더 이상 나를 막을 상사는 없기에 후회 따윈 하지 않기로 한다. 그저 출입문 앞에 붙여 놓았던 출근 순서표도, 눈치를 봐야 했던 정시 퇴근도, 자발적 주말 출근도 없는 세상에서 산다는 게 꿈만 같다!

… 문제는 내가 대표이자 신입사원이지만.

새벽 세 시의 딴짓

출근 걱정이 없어지다 보니
돈 벌 걱정도 없어진 듯.

여유 같은 소리하고 있네

마감에 쫓기다 정신을 차리기 위해 잠시 밖으로 나왔다. 도망 나온 노비 꼴을 하곤 카페에 들어가 커피를 마시는 내가 '여유' 있어 보인다고 말할 수 있을까? 피 말리는 일정으로 방구석에 몰려 집에서 일만 하는 내게 '집순이'라 좋겠다고 말할 수 있을까? 언제 일이 들어올지 몰라 따뜻한 날씨에 떠나는 휴가는 진즉 포기하고 찬바람 불 때 패딩을 챙겨 떠나는 내게 '자유로워' 보인다고 말할 수 있을까? 그렇게 떠난 여행지에서 마감을 맞추느라 저녁에는 노트북을 켜고 새벽까지 작업하는 내게 '멋지다'고 말할 수 있을까?

인생이란 멀리서 보면 희극이고 가까이서 보면 비극이라 했듯이, 프리랜서도 멀리서 보면 자유로운 디지털 노마드지만 가까이서 보면 그냥 디지털 노예일 뿐이다.

프리랜서의 오후 세 시

오후 세 시. 회사의 평일 오후는 그 자체로 느른했다. 내려오는 눈꺼풀과 올라가는 눈동자를 잡으려고 바들바들 떨리던 눈가와 그런 나를 바라보던 선배. 죽을힘을 다해 겨우 졸음을 몰아내고 나니 그 자리를 채우는 출출함에 뒤를 돌아보면 그제야 졸음과 싸우던 선배 역시 잠을 깨기 위해 고려은단 비타민C를 조금씩 갉아 먹고 있었다. 그나마 여유가 있는 날엔 근처 편의점에서 아이스크림을 입에 물고 들어오거나, 얼음이 듬뿍 들어간 아메리카노를 마시며 졸음과 출출함을 이겨내곤 했었다.

가끔은 옆 건물 베이커리의 빵을 잔뜩 사 와서 오후 세 시를 달래보기도 했지만, 그 아무리 맛있는 간식인들 오 분 동안 대자로 누워 있는 것과 비교할 수 있을까? 산책하기 딱 좋은 날씨라며 가로수를 거닌다 한들, 그런 날씨를 바라보며 낮잠을 자는 것과 비교할 수 있을까? 싸움의 연속이었던 오후 세 시를 평화롭게 보내는 걸 보면 이 맛에 프리랜서를 하는 건 아닌가 싶다.

행복은 체력 순

아무리 생각해봐도 '행복은 성적순'이란 말은 머리만 좋은 비실이들의 질투심에서 나온 말일 것이다. 행복이 성적순이라면 선생님 몰래 땡땡이를 치고 밤새 놀아도 다음 날 학교에서 졸지 않고 행복한 표정으로 만화책을 보던 우리를 어떻게 설명할 수 있을까?

어른이 된 지금은 흔히들 행복이 연봉 순이라지만, 피켓팅을 뚫고 간 콘서트에서 영혼을 털린 뒤 각종 굿즈에 통장까지 탈탈 털려도 다음 날 웃으며 정시에 출근하는 박봉의 신입사원을 어떻게 설명할 수 있을까?

마감을 마치고 전망 좋은 카페에 갈 수 있는 다리 힘과 두 눈이 피곤해도 영화를 보러 갈 수 있는 시력. 새벽 마감과 함께 야식으로 달렸을 위장이라도 다음 날 아침이면 배고파질 소화력.

누가 뭐래도 행복은 체력 순이다!

내가 고르는 점심 메뉴

이제는 수저를 깔 휴지를 뽑지 않아도, 인원 수대로 컵 개수를 확인하고 물을 따르지 않아도, 콩나물국밥을 먹지 않아도 된다. 사람들의 속도를 맞추느라 빨리 씹어 삼키지 않아도 된다. 어떤 날은 가장 애정하는 간식인 생라면을 부숴 먹기도 하고, 어떤 날은 상다리가 부러지게 차려 먹기도 한다. 그리고 저녁이 있는 삶만큼 지키기 어려웠던 점심이 있는 삶이 가능한지 이전에는 미처 몰랐다!

점점 미뤄지는 건강검진

반복되는 야근 때문에 지칠 대로 지쳤지만 연차는 쓸 수 없는 상황 속에서 그나마 컴퓨터 앞을 합법적으로 떠날 수 있던 방법이 하나 있었다. 건강검진의 날. 특히 수면내시경을 받으면 한숨 푹 잔 것만 같은 기분 탓에 검사를 받기 전 설레는 마음으로 가스 제거제를 빨아먹었다. 하지만 깨어난 나를 기다리는 건 야근과 야식으로 녹이 슬어버린 속사정뿐이었다. 건강이야 매년 비슷했지만 그나마 주기적으로 받았던 건강검진은 시속 365일로 달리기 바빴던 회사 생활의 빨간불이 되어주었다. 퇴사하면 열심히 검진도 받고 관리도 할 거라고 생각했다. 하지만 더 이상 함께 갈 동료도, 내원 안내 메일도 오지 않으니 차일피일 미루고, 그렇게 미루다 퇴사 삼 년 반 만에 검진을 받았다.

이제는 수면 마취의 꿀잠에서 깨자마자 회사로 돌아가지 않아도 되고 검진을 마치고 죽만 먹지 않아도 되는데 점점 미루고 있는 건… 왜일까?

이렇게 자꾸자꾸 미루다간 설마…

건강도 바사…삭?

월요일의 늦잠

프리랜서가 되어도 월요병은 사라지지 않아.

직장인 시절, 동료 대리의 모닝콜을 받고 눈을 뜬 적이 있었다. 지금 어디냐는 날카로운 질문에 반쯤 잠긴 목소리로 오늘이 무슨 요일이냐고 되물었던 월요일 아침이었다. 회사 사람이라는 걸 알곤 기겁을 하며 일어나 볼따구에 쌍싸대기를 날린 뒤 손에 잡히는 아무 옷에 몸을 구겨 넣고 튀어 나가던 그날을 잊지 못한다. 이제 내겐 회사 동료도 없고 칼 출근을 해야 할 이유도, 회사도 없다. 이제 나의 월요일은 달라질 것이다! 라고 생각하며 프리랜서가 되었지만, 요즘은 클라이언트가 모닝콜을 해준다.

강아지라도 길러 봐

주로 혼자 작업하는 내게 주변에서 종종 하는 말이 있다. "강아지라도 길러 봐." 그럴 때면 오늘도 주인이 오기만을 목이 빠지게 기다리고 있을 옆집 개벽이가 떠오른다. 개벽이는 옆집에 사는 강아지로 내 방 벽 넘어 산다고 해서 난 '개벽이'라고 부른다. 개벽이가 이사를 오고 한동안 적응을 못 해 낑낑거렸던 적이 있다. 나는 그런 개벽이가 안쓰러워 유튜브에서 '강아지들이 좋아하는 음악'을 검색해 틀어놓곤 했다. 하지만 개벽이를 안심시킬 수 있는 존재는 주인뿐이었다. 퇴근하고 돌아온 주인은 피곤함과 짜증을 괜히 개벽이에게 쏟다가도 미안함과 책임감 때문인지 밤 산책을 나갔다. 하지만 주인이 늦는 날이면 개벽이는 종일 외로움을 친구로 삼아야 했고 엘리베이터에서 누군가 내릴 때마다 현관문을 향해 내달리는 소리가 몇 번이고 들려왔다.

나는 강아지를 기를 자격이 없는 사람이다. 분명 하루가 멀다 하고 마감에 쫓기는 주인 때문에 산책도 못 할 텐데도 목줄을 물고 앉아 내 얼굴과 현관문을 번갈아 볼 게 뻔하다. 장기 여행을 떠날 때면 엄마에게 부탁해야 할지도 모르는데 본가에 있는 내내 불안해할 모습을 생각하면 마음이 편치 않을 것이다. 세월이 흘러도 한결같은 마음으로 바라보겠노라 약속할 자신도 없다. 무엇보다 그저 나의 외로움을 덜자고 다른 누군가를 외롭게 할 순 없기 때문이다. 반려동물 챙겨 줄 정신이 있다면 일단은 내 정신이나 챙기기로 했다.

이제는 내가 해야 할 일

나는 공인인증서 비밀번호뿐 아니라 통신사, 영화관, 마트, 빵집, 카페의 앱 아이디와 비밀번호를 매번 틀려 늘 정직한 가격으로 물건을 산다. 아이디와 비밀번호를 꼼꼼히 적어놓아도 어디에 적었는지를 까먹어버리니 사이트를 이용하려면 일단 아이디와 비밀번호를 찾는 것부터 시작한다. 신용카드는 여행 때문에 만들었을 뿐 할부라는 건 한 번도 해본 적이 없고, 스마트 뱅킹은 놀랍게도 얼마 전부터 시작했으며, OTP카드도 최근에서야 발급받았으니, 나는 아날로그인 중 참 아날로그인이다.

이런 내가 이젠 재무팀 없는 인생을 살아야 한다니. 막막할 때가 한두 번이 아니다. 퇴사 후 첫 연말정산 땐 시작도 하기 전에 스트레스에 시달리다 엄마 손에 이끌려 관할 세무서에 가야 했다. 대기번호표를 뽑고 할아버지, 할머니들 사이에서 기다리다 달려 나갔지만 안타깝게도 프리랜서는 연말정산에서 공제받을 내역 또한 프리…했다. 성실히 빠져나가는 나의 월세와 일말의 양심으로 내던 기부금, 안경, 렌즈, 기타 어떠한 항목도 공제 받지 못한다는 사실에 적잖은 충격을 받았다. 이런 충격도 이제는 내 몫이기 때문에 꾸준한 공부와 관심을 보여야겠지만 역시 자신은 없고 그냥 가까운 거리에 세무와 재무에 밝은 친구 한 명이 생기길 기도하고 있다.

세: 세상에서 제일

무: 무섭다.

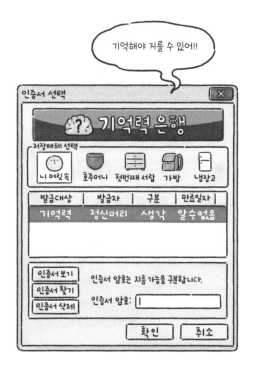

나… 잘할 수 있을까?

#기억력은 로그아웃

적게 먹고 적게 싸는 삶

프리랜서가 되고 기본 생활비를 줄였는데…

쉬운 게 아니었습니다.

적게 싼 적은 많지만 적게 먹은 적이 없기에

조금은 겁이 날 뿐입니다.

딴짓의 힘

회사는 월급의 힘으로만 다니기엔 너무 잔혹한 곳이다. 그래서 비밀스러운, 아니 들켜도 크게 문제가 되지 않을 '딴짓'이 하나쯤은 필요하다. 어떤 사람은 틈만 나면 항공권 사이트에 접속해 이 나라 저 나라를 검색하고, 어떤 사람은 즐겨 듣는 라디오에 진상 상사의 사연을 보내며 스트레스를 풀었다. 어떤 사람은 요리 블로그를 운영하며 저마다 '딴짓'을 했다.

그중 나의 딴짓은 '직원들을 몰래 그리는 것'이었다. 신입사원이 들어오거나 자유로운 눈, 코, 입을 가진 선배들을 보면 괜히 두근거리곤 했다. 덕분에 지겨웠던 오전 회의도, 의미 없던 세미나도 지루할 틈 없이 보낼 수 있었다. 어떤 사람들은 '주식 수익'이나 '이직을 위한 포트폴리오', '인맥을 위한 모임' 등 딴짓조차 '성과'를 내야 한다고 생각했지만 딴짓은 그저 반복되는 하루에 숨통을 트여 주는 것만으로도 충분했다. 쓸데없는 '딴짓'이 팍팍했던 하루에 기름칠해준 덕분에 멈춘 것 같던 시간이 그나마 부드럽게 돌아갈 수 있었으니까. 물론 그 시간이 그립다는 건 아니고.

2장

놀고 있는 것은 아닙니다만

일상의 여유

프리랜서에게 주어지는 복지가 있다. 점심을 거르면서 가지 않아도 되는 병원과 은행 업무, 마음 급하게 지하철 에스컬레이터를 뛰어 내려가지 않아도 되는 여유로움, 언제든 빈자리가 있어 앉을 수 있는 지하철, 줄을 서지 않아도 되는 맛집. 여유롭게 쇼핑하고 책을 읽을 수 있는 텅텅 빈 대형 쇼핑몰의 월요일 오후, 수요일 오전에 편하게 들르는 동네 목욕탕, 일요일 자정에 보는 심야 영화, 주말이면 발 디딜 틈 없이 유명한 전시를 평일 오전에 감상하기, 내가 먹고 싶을 때 얼마든지 눈치 보지 않고 먹을 수 있는 (소리 나는) 간식. 주말에 몰아보지 않아도 되는 미드. 이렇게 내 삶은 여유로워졌다.

내 통장만 여유롭지 않을 뿐.

여유가 여기 있네?

버킷 리스트

이렇게 버킷 리스트를 그리곤
어젯밤 마트에서 산 식빵에
딸기잼을 바르며 초코우유를 마신다.

로또를 사러 가야 하나….

이래 봬도 수업 시간입니다만

벚꽃이 피기 직전의 어느 날, 한 백화점 문화센터 담당자에게 연락이 왔다. 늦봄에 열릴 십 주짜리 드로잉 클래스를 해줄 수 있겠냐는 제안이었다. 왕복 세 시간이 조금 넘는 거리인 데다 횟수도 적지 않아 섣불리 대답할 수 없었다. 무엇보다 나를 주저하게 만든 것은 '과연 학생들이 나에게 배울 것이 있을까?'라는 생각 때문이었다. 가끔 원데이 클래스를 요청받아 진행할 때가 있긴 했지만 본격적으로 정규 수업을 시작하지 않았던 이유 또한 같았다.

대학에 다닐 때, 삼 년간 미술학원 입시반 강사로 활동했던 적이 있었다. 입학 실기 시험을 위한 수업인지라 '합격'처럼 '커다란 결과물'을 안겨줘야만 할 것 같았다. 마찬가지로 수강생들이 낮과 밤을 희생하며 얻은 그들의 월급을 허투루 쓰게 하는 건 아닌가 하는 두려움도 들었다. 이런저런 생각이 많았지만 언제까지 이런 고민을 할 수만은 없단 생각에 꼭 좋은 수업을 만들겠다고 다짐하며 어렵사리 수락했다.

강의 계획표를 짜고, 여러 가지 방법도 궁리하며 첫 시간을 맞았다. 얼마 전 며느리를 보신 신세대 시어머니부터 나를 만나고 싶어 먼 길 오셨다는 분까지 다양한 수강생이 앉아 있었다. 오랜만에 느껴보는 기분 좋은 떨림에 들떠 허둥지둥하다 보니 첫 시간이 끝나고 그렇게 두 번, 세 번, 시간이 흐를수록 즐거운 수업이 계속됐다.

그림에 자신의 이야기를 담아야 하는 수업인 만큼, 그림 안에 담긴 이야기를 나누느라 시간 가는 줄 몰랐다. 어떤 날은 고지방 저탄수 다이어트에 빠져 있는 회원님의 간증을 듣느라, 어떤 날은 군자에 있다는 떡볶이 맛집에서 사람 수만큼 공수해오겠다는 회원님을 기다리느라, 어떤 날은 세 마리 고양이의 집사로 살아가는 회원님의 고충을 듣느라, 어떤 날은 '덕질'을 하고 있는 회원님의 최(고)애(정)하는 연예인 근황을 듣느라 우리 모두 한동안 그림을 그리는 내내 손은 바빴지만 반짝이는 눈을 했다.

이내 정신을 차려 수업을 진행해보지만 그림 도구만큼이나 애지중지 싸 들고 온 간식 꾸러미들을 하나둘 꺼내놓는 회원님들 덕분에 한 손엔 연필을, 한 손엔 일용할 양식을 쥐곤 수업을 이어나갔다. 손과 입을 바삐 움직이며 수업을 마쳐도 못내 아쉬운 마음에 방과 후 수업이라며 근처 카페에서 몇 시간을 더 웃고 떠들었던 토요일 오후였다. 심각하게 고민했던 자신이 당황스러울 정도로 즐거움만 가득했던 나날이었다. 내가 그토록 고민했던 '커다란 결과물'은 아마도 '커다란 즐거움'이면 충분했던 건 아니었을까? 간식과 수다를 위해 낙서를 곁들였던 수업인 듯했지만 한없이 즐거웠기 때문에 당당히 말할 수 있다.

"이래 봬도 수업 시간입니다!"

건네받은 사과 한 조각

몇 년 전 큰 수술을 했다. 건강문제로 휴직하고 집에서 요양하던 어느 날 밤이었다. 가끔 들르던 반갑지 않은 통증이 갑자기 크게 느껴졌다. 가뜩이나 딸내미 간병으로 지친 부모님을 별것 아닌 일로 걱정시키는 건 아닌가 싶어 참아봤지만 정신을 차려보니 아빠 차에 실려 응급실로 가고 있었다.

새벽의 응급실은 무서웠다. 하지만 더 무서웠던 건 무서운 말을 쏟아내던 의사의 무표정한 얼굴이었다. 진료가 끝나자마자 바로 응급환자로 분류되었고 수술 전 정밀검사를 위해 조영제를 맞고 MRI 안에 누웠다. 귀마개를 뚫고 들려오는 소음이 커질수록 고통과 공포도 함께 커졌다. 아직 아물지 않은 수술 부위를 부여잡은 채 절뚝거리며 이런저런 검사를 마치자 금세 마취팀이 꾸려졌고 지체할 틈도 없이 수술실로 향했다. 숨 쉬기 힘들 만큼 차오른 통증과 넘쳐흐르는 두려움에 완전히 무너져 엉엉 울기만 하는 동생이 안쓰러웠는지 오빠는 연신 내 머리를 쓰다듬으며 묵묵히 수술실 앞까지 침대를 밀어주었다. 가족의 손길로 겨우 진정되었을 즈음 바로 수술실에 입장했다. 수술대에 눕자 커다란 조명이 내 얼굴에 닿을 듯이 내려왔다. 간신히 진정된 심장이 다시 쿵쾅거렸다. 이것도 잠시, 1부터 10까지 세어보라는 의사의 말이 떨어지기가 무섭게 나는 깊은 잠에 들었다. 잘 부탁드린다며 의사 선생님을 향해 연신 고개를 꾸벅인 기억을 마지막으로 나는 깊은 무의식의 세계에 떨어졌다.

시간이 얼마나 흘렀는지 모르는 채 (드라마에서 보던 것처럼) 병실에서 눈을 떴다. 다행히 수술은 잘 마무리됐다. 눈을 떠보니 그토록 무섭던 시간도 아팠던 통증도 모두 지나가 있었다. 모든 것이 제자리로 돌아오는 것 같았지만 나는 여전히 모든 것이 희미했고, 정신이 없었다. 마치 '흘러가는 시간'이라는 문이 '혼란스러움'이라는 자물쇠로 잠긴 것 같은 기분이었다.

다음 날, 수술 경과를 확인한 의사의 지시에 따라 나는 다인실로 옮겨졌다. 저마다의 아픔으로 공기조차 지친 것 같던 병실이었다. 방문객이 오는 시간을 빼면 조용했다. 기묘하게 어두웠던 병실을 그나마 밝혀주던 건 창가 앞자리 아주머니의 상냥한 미소였다. 그 아주머니는 암 환자였다. 앙상하게 말라버린 몸으로 콧노래를 흥얼거리며 과일을 나눠 주시곤 했던 아주머니는 아이러니하게도 병실에서 '가장 아픈 사람'이자 '가장 건강한 사람'이었다. 날이 풀리고, 방문객이 제법 많아지자 아빠는 휠체어를 빌려와 병원 옥상 위 공원을 산책시켜주었다. 병원 앞 가로수에 만개한 벚꽃을 멍하니 바라보던 스물아홉의 봄이었다. 별안간 서럽고, 억울하고, 알수 없는 원망이 올라왔지만 내가 할 수 있는 일이라곤 울음을 삼키며 마음의 안정을 찾는 것뿐이었다. 산책 후 돌아온 내 침대 테이블

위엔 사과 한 조각이 놓여 있었다. 창가 앞에서 두건을 고쳐 쓰시며 맛있게 먹으라는 아주머니의 말과 함께.

나는 한참 동안 사과를 먹지 못했다. 행여나 내가 웃음을 잃을까 휠체어를 미는 내내 괜스레 수다를 늘어놓으며 밝게 웃으려 노력하던 아빠와 수술 후 말라버린 입술을 기도와 눈물로 적시던 엄마. 그리고 내가 두려움에 물들지 않게 곁에서 손을 잡고 눈물을 꼭꼭 닦아주었던 오빠까지. 미안함과 고마움이 마음속에 일렁였지만, 가족들에게 제대로 인사조차 건네지 못했다.

약해진 몸만큼 정신도 약해지기 시작했다. 모든 게 멈춘 것 같던 시간이었다. 스스로를 향한 실망과 창피함이 바늘처럼 내 몸을 찔렀고, 시간은 쏜살같이 돌아가는 것 같았다. 내게 남아 있는 사과를 바라보지 못한 채, 잃어버린 조각의 자리에 시나브로 채워진 것들을 알아보지 못한 채, 오로지 내게 없던 조각을 향해 원망을 쏟아냈던 시간이었다. 그러다 그 사과를 보다 깨달았다. 내가 바로 '흘러가는 소중한 시간'을 잠근 자물쇠였던 것이다.

사 년도 훌쩍 넘은 지금, 그때의 상처가 모두 아물었듯 원망스러움도 속상함도 아물었다. 가끔 지치고 힘겨울 때면 그날을 떠올려 내게 있는 감사함을 세어보며 위로 섞인 응원을 해본다. 그리곤 기도한다. 나도 언젠가 누군가의 사과 조각이 될 수 있기를. 아주머니의 쾌유를 바란다.

스물아홉의 봄.
연이은 수술로 지쳐 있을 때,
타임머신이 있다면 여섯 살의 나에게 돌아가
꼭 끌어 안아주면서 해주고 싶은 말이 있다.
진통제에 취한 와중에도
저 생각을 하며 얼마나 울었던가.
다시는 아프지 말자.

5

운동 좀 해볼까

　퇴사를 결심한 순간, 퇴사 후 할 일 리스트를 적어가며 매일 새로운 계획을 세웠다. 퇴사하면 할 일을 머릿속에 떠올리고 휴대폰에 적었다. 지금보다 더 자유롭고 건강한 모습을 꿈꿨다. 정확히 말하면 적어도 입사 후 일 년이 될 때까지는, 회사 다닐 때 입었던 옷을 다시 입을 수 있을 줄 알았다. 옷이 안 맞는 게 마치 나약한 내 의지인 마냥 생각되어, 삼 개월에 십오 만원인 동네 헬스장을 끊었다. 동기부여가 되기엔 조금은 저렴했던 등록비 탓에 마음이 풀려버린 걸까. 결국 엄마에게 욕을 한 바가지 먹고 난 다음에 오빠에게 양도했다. 비싸고 가까우면 다니겠지 하고 등록했던 동네 문화센터의 운동 교실은 간신히 세 번만 참석한 뒤 나와는 인연이 아니라는 결론을 내렸다. 그래도 준비만큼은 철저했기에, 당시 준비물이었던 케틀벨은 현재 내 방 스탠드 옷걸이 지지대로 열심히 활약하고 있다. 현실은 그저 폼롤러 위에서 등을 문지르거나 요가 매트 위에 앉아 스트레칭하다 잠드는 정도다. 건강해지고 있는지 여전히 의문이 들지만, 적어도 정신 건강엔 아주 좋은 것 같다.

나의 의지

하지만…

나의 의지는, 나의 것이기에….

6

오늘도 꽤 그럴싸한 SNS

솔직하게 모든 걸 보여주기엔

보여주는 창이 너무 작은 걸까?

"작가님처럼 살고 싶어요! 너무 부러워요."

근근이 운영하고 있는 내 SNS에 자주 달리는 댓글이다. 어느 지점이 부러운 것일까.

나의 삶이 싫다는 건 아니다. 하지만 때론 뻥튀기 기계에서 부풀려진 일상의 멋진 '순간'이 나의 전부가 아니라는 걸 사람들은 알까? 현실은 콧바람에도 날아가는 쌀 한 톨에 불과하다는 것을. 어떨 땐 크게 외치고 싶다.

"뻥이요~!!!"

한 시간의 점심

신입 연수 때 말도 안 되는 실수를 저질러가며 흑역사를 같이 쓴 지가 엊그제 같은데, 어느덧 회사에 남았던 친구들은 우리가 그렇게 뒤에서 수군거리며 흉을 봤던 그런 상사가 되어가고 있다. 그래서인지 직장인 친구들의 평일은 늘 바쁘고 주말이 돼야 여유가 생긴다. 주말에라도 보면 좋겠지만 주로 월요일이 마감날인 프리랜서인 덕에 오히려 나의 주말은 여유롭지가 않다.

이러다간 평생 랜선 우정만 나누다 생을 마감할 것 같아서, 먼 길이지만 가끔 친구를 만나 평일 점심을 함께한다. 직장인에게 낮 열두 시를 지켜주는 것은 중요하기에 일찍은 가도, 늦지는 않으려 한다. 고작 한 시간 남짓의 짧은 시간만이 주어지기에, 일단 만나기 전에 최대한 준비해두는 것이 필요하다. 회사에서 열 걸음만 가면 되는 가게를 찾고 가능하면 식당도 예약한다. 먼저 도착하면 메뉴를 물어봐 미리 시켜둔다.

친구가 도착해서도 여유로운 건 아니다. 전투적으로 밥을 삼키곤 제일 가까운, 그리고 자리가 있는 아무 카페에 앉아 음료를 나눈

다. 따발총 쏘듯 각자의 일상과 궁금했던 뒷이야기, 그리고 요즘 관심사를 폭포수처럼 쏟아내야 한다. 이 시간이라도 있어 오늘도 '그 시절처럼' 웃고 떠들 수 있다. 모든 이야기를 쏟아내기엔 시간이 짧다. 군데군데 이야기를 나누는 중간에 친구가 휴대폰 시간을 확인하는 횟수가 잦아지면 이제 보내줘야 할 때.

아쉬움을 뒤로하고 사원증 목줄을 지갑에 둘둘 감아 떠나는 친구를 배웅하고 나면 돌아갈 공간이 있는 직장인이 부럽다가도, 그 일에서 벗어날 수 있어서 프리랜서를 선택하길 잘했다는 생각이 든다. 가끔 안정적인 곳에서 월급 따박따박, 상여금도 따박따박 챙겨가는 친구를 생각하면 상사가 된 그가 부럽다가도, 도망치듯 회사로 빨려들어간 친구를 두고 한참을 카페에 앉아 볕을 즐기는 나를 보면 프리랜서를 하길 더 잘했다는 생각도 든다. 어디에 있어도 잘 살고 있을 것이다. 지금의 여유를 더 소중하게 생각하는 사람이 되자고 결심한다.

8

소개팅보단 미팅

언제부터인가 소개팅보다 클라이언트와의 미팅 자리에 나갈 때 준비를 더 많이 하게 되었다. 다음 주 토요일을 비워야 하나 말아야 하나 고민하는 단호박과 김칫국 사이에 있느니, 차라리 조금이라도 통장 잔고를 늘리기 위해, 확실한 선택에 힘을 준다.

역시
머니 머니 해도 머니지.

퇴사 결심보다 더 힘든 결정

"이제 그만 다니려고요."

오만 가지 생각으로 가득 찬 머릿속 생각이 쉬이 정리되질 않은 채 결론부터 내던졌다. 분노인지 떨림인지 알 틈 없이 쿵쾅거리는 심장 덕분에 그날 이 대사 이후에 무슨 말을 했는지 기억나지 않는다. 입사 오 년 차, 과중한 업무에 많이 지쳐 있었다. 어느 순간부터 늘 퇴사를 생각하며 출근하곤 했지만 이 말을 이렇게 일찍, 그것도 이렇게 이른 아침에 하게 될 줄은 몰랐다.

아침부터 군기를 잡으려 한껏 치켜뜬 눈으로 나를 회사 1층 카페로 불러냈던 팀장은 카페에 앉자마자 튀어나온 나의 '퇴사 발언'에 당황한 눈치가 역력했다. 그런데 솔직히 진짜 당황했던 건 예고 없는 발언에 놀란 나 자신이었다. 늘 생각하던 퇴사 발언을, 이날 아침에 만천하에 공표할 줄은 몰랐다. 이 갑작스러움은 아침 일곱 시까지 출근해야 하는 회사 규정 때문에 새벽 여섯 시 오십오 분이면 지하철 역사 계단을 두 칸씩 뛰어올라야 했던 출근길 때문도 아니었고, 평균 세 시간 수면으로 근근이 버티다 회사 로비에서 대자로 뻗어 버릴 만큼 과로에 실신했기 때문도, 입사 이후 겪은 네 번의 수술 때문도 아니었다. 오 년 차라는 타이틀을 달 때까지 여행 한 번 제대로 가지 못했던 나의 직장 생활을 생각하면 아직도 억울해서 뒷목이 조금 뜨거워지지만, 여행조차 떠날 힘이 없을 정도로 지쳤던 내 상황을 누구보다 잘 알고 있었기에 누굴 탓할 수도 없었다. 사실 그 어느 것도 갑작스러운 퇴사의 이유가 되진 못했다.

간신히 살아내느라 조금씩 내가 사라지고 있을 무렵이었다. '나'로 태어났지만 '나'로 살아갈 순 없던 나날이었다. 그러나 '현실 인식'은 무서웠다. 퇴사 이후에 할 건 있어? 진짜 하고 싶은 일이 뭔데? 어느 것에도 확실한 답을 내지 못했기에 지금이 그나마 낫노라고 위로하며 출근했다.

갑작스럽게 튀어나왔던 퇴사 발언은 아마도 내가 사라지기 직전 구해내려고 절박하게 외친 나의 외마디였을지도 모르겠다. 퇴사가 결정되자 마치 기다렸다는 듯이 퇴사 날이 정해졌다. 사람이 빠져도 일은 돌아가는 법. 그렇게 정신없이 퇴사를 준비하며 지내다 보니 어느새 마지막 출근 날이 되었다. 시원섭섭함과 덤덤함 사이로 출근을 준비하는 데 엄마에게 전화가 왔다.

할머니가 돌아가셨다고 했다. 그렇게 퇴사 날 아침, 나는 개인 물품이 담긴 쇼핑백을 집으로 나르는 대신 공깃밥과 육개장을 조문객들에게 날랐고 회사 사람들에게 마지막 인사를 건네는 대신 상복을 입고 조문객을 맞이했다. 할머니를 잃은 슬픔과 그 슬픔에 무너진 아빠의 모습, 할머니에게 못다 한 말을 글로 적어 제단에 붙이며 어깨를 떠셨던 할아버지, 이런 일이 있을 줄 모르고 나 몰래 회사로 퇴사 축하 화환을 보내두었던 아빠와 오빠. 이 와중에 행여나 책망을 받을까 도망치듯 조문을 하고 갔던 직속 팀장.

알 수 없는 허무함과 복잡한 마음에 참 많이 울었다. 혹시라도 남은 미련 아닌 미련이 있다면, 서운함 아닌 서운함이 남아 있다면, 행여 그것이 보이지 않는 미래에 대한 불안함이라면 그냥 흘려버리라는 듯이 슬픔을 앞세워 눈물이 쏟아져나왔다.

발인을 마치고 시든 꽃바구니와 마저 남은 짐을 챙기러 늦은 밤 사무실에 들렀다. 새 주인을 맞을, 지금은 주인 없는 책상에서 피지도 못한 채 시들기 바빴던 꽃망울 사이로 작은 편지가 보였다. 언젠가 아빠를 위한 시詩를 쓴 적이 있었는데 그 편지 속엔 아빠의 화답 시가 적혀 있었다. 그날 밤, 텅 빈 사무실을 가득 메운 나의 눈물을 닦아주었던 건 시든 꽃잎과 딸의 앞날을 응원하는 아빠의 투박한 시였다.

정신없고, 울기 바빴던 나의 퇴사 날. 좀처럼 울지 않는 내가 쏟아냈던 그날의 눈물이 조금은 나를 자라나게 했을까? 돌이켜보면 안정적인 삶을 잃는 게 무서워 지레 시들어 있던 내게 정말 필요했던 건 다시 돌아갈 수 있는 '용기'였던 것 같다. '다시 활짝 피어날 나'에게.

10

브라더와 나

내겐 나보다 한 살 많은 오빠가 있다. 한 살 차이 오빠와는 겸상도 안 한다고 하지만 상다리를 펴고 웃으며 라면을 끓여 내오는 오빠를 보면 예외도 있는 듯싶다. 나의 형제는 기본적으로 꽤 다정한 사람이라, 짜증 섞인 무뚝뚝함으로 일관하는 나를 늘 웃으며 받아준다. 싸울 일도, 이기거나 질 일도 없어 승률은 0:0. 말도 안 되는 이 스코어는 형제간의 돈독한 우애가 전교 일 등보다 중요하다고 늘 강조했던 엄마의 가르침 덕분이지만, 한편으론 야무지고 씩씩해 보이는 것과 달리 실상은 겁쟁이 쫄보였던 나를 오빠가 잘 알았기 때문인 것도 같다.

어렸을 적 남자아이들의 유치한 장난에 목 놓아 울던 때에도, 어려워진 집안 상황을 알면서도 재수를 결심했을 때에도, 직장에서 상처받고 돌아와 눈물을 참고 있을 때도, 수술을 앞두고 두려움과 고통에 무너졌을 때도, 불안하기 짝이 없던 프리 백수 시절로 잔뜩 움츠려 있던 때에도. 내 옆엔 늘 오빠가 있었다.

물론 여자친구에게 줄 쿠키를 함께 굽자며 꼭두새벽에 방으로 쳐들어와 이불을 걷어 나를 깨우거나 야밤에 뜬금없이 카드를 쥐어 주며 아이스크림을 사 오라고 할 때면 조금 피곤하기도 하지만 삼십 년 넘게 함께해준 노고에 보답하기 위해 귀찮음을 이기고 아이스크림을 사러 가기 위해 주섬주섬 겉옷을 입는다. 여기까지 들으면 우리의 이미지가 마치 순정만화 속 여주인공 오빠와도 같은 묘사처럼 들릴지 모른다. 멋지기만 한 에피소드로 설레는 사람들이 있을 수 있어 노파심에 한마디 덧붙인다.

현실 남매는
그림체가 다르다.

친오빠(삼십 대)

퇴근한 오빠가 집에 왔다.

11

그래도 가끔 그리워

옛 직장 동료를 만날 때면 이젠 추억이 된 그 시절을 안주 삼아 밤새 수다를 떤다. 전쟁터 같은 회사에서 그나마 멀쩡하게 살아남을 수 있던 것도 아마 이런 전우애 때문이 아니었을까. 어떤 이는 다른 일터로, 어떤 이는 아이를 키우기 위해, 어떤 이는 새로운 길로 도전하기 위해, 어떤 이는 배움의 길로 각자 미래를 향해 갔지만 새벽 야근을 하고 난 뒤, 다 같이 맥주 한 잔을 들이켜곤 "이따 보자"란 말을 남긴 채 집으로 돌아가던 그 시절이 아주 가끔 그립다.

같이 욕할 상사가 있던 시절이, 미처 다 마시지 못한 커피를 든 채 회사 옥상을 몇 바퀴 걸으며 볕을 온몸으로 맞으며 그나마 지금이 행복하다 느꼈던 시절, 맞은편 동료의 키보드 치는 소리만 들어도 지금 그가 위로가 필요한지 상담이 필요한지 알 수 있던 시절도, 하루의 고단함을 마저 남은 작업으로 달래며 야식집 전화번호를 누르던 그 시절이 아주 가끔은 그립다.

좋은 사람들

전 회사 사람들과 조촐한 송년회 시간을 가졌다.

목이 쉬게 떠들며 웃고 나니
좋은 사람들을 만났다는 생각에
마음 한편이 따뜻하고 감사했다.
내가 계산을 안 해서 그런가…?

12

마감보다 어려운 연애

"요즘 시간도 많을 텐데, 연애 안 해요?"

나의 인생을 나보다 더 궁금해하는 사람들을 만날 때마다 (신경 끄라고) 말해주고 싶다. (심지어 내가 할) 프러포즈도 다 생각해놨건만 아직 그 말을 해줄 사람을 못 만나고 있는 내 심정은 어떻겠냐고. 마감은 끝이라도 있지만, 누가 내 인생의 마지막 사람이 될지 모르는데 아직 누군지도 모를 그 사람을 위해 언제까지 황금 같은 주말을 포기해야겠냐고. 그러다 불현듯 진심으로 궁금해졌다. 마감보다 어려운 이 연애를 남들은 어떻게 잘만 하는 건지. 열정도 의지도 식은 내 마음에 의문을 던지며 잠깐 고민하다, 결국 밀린 로맨스 코미디 드라마를 틀어본다. 간식으로 먹을 과자를 사기 위해 나선 동네 골목에서 몸을 한껏 부풀려 끈질기게 구애하는 비둘기를 발견했다. 상대의 눈에 들기 위해 최선을 다하는 비둘기에게 나도 모르게 조그만 목소리로 응원을 한다.

그래. 너는 연애할 자격이 있다.

13

먹고살 걱정은 그대로

요즘 들어 주변에 힘들어하는 지인들이 많아졌다.

디자인 전공 ⋯▸ 기업 디자이너 오 년 차 ⋯▸ 야근&수면 부족 ⋯▸
건강 악화 ⋯▸ 수술 ⋯▸ 점점 사라지는 나 ⋯▸ 퇴사 ⋯▸
프리랜서 시작! ⋯▸ 꿈을 이뤄야지 ⋯▸ 그림 그리는 디자이너 ⋯▸
어랏, 벌써 삼십 대라니! ⋯▸ 시간이 왜 이렇게 빠르지?! ⋯▸
돈은 언제 모으지? ⋯▸ 결혼은 할 것인가? ⋯▸
나 이렇게 살아도 괜찮을까?

경력에 비해, 나이에 비해, 전공에 비해
다른 친구들과는 조금 다른 길을 선택하는 나는
무엇이 다를 거라고 생각하는 걸까?

우리, 아무 걱정하지 말자.
오늘도 우리의 하루는 소중하니까!

한약보다 더 힘이 솟는 덕질

연이은 마감으로 기력이 떨어질 때, 새벽 바람을 느끼고자 창문을 잠깐 열며 누군가와 이야기라도 하고 싶지만 그럴 수 없을 때, 나는 어김없이 '덕질'을 시작한다. 좋아하는 사람의 모습을 그리며 '이것도 그림 연습'이라며 스스로 괜한 명분을 세워보지만 이런 덕질은 일이 바쁘지 않은 비수기에도 꾸준하게 이어진다. 물론 이런 작업 아닌 개인적 취향의 취미들은, 잠들 수 없는 야근의 주인공이자 생의 마감을 앞당기는 주범이 되곤 한다. 주변에선 이거 그릴 시간에 잠을 자라며 잔소리를 하지만! 진정한 덕업일치의 이뤄낼 그날을 꿈꾸기에 오늘도 체력을 포기한 채 덕력을 키워본다.

◇ 폴 매카트니와의 만남. 실화냐

어릴 적 엄마가 흥얼거렸던 비틀스의 노래를 종종 들어왔다. 우연히 영상을 보다, 나이가 무색하리만큼 열정적인 무대를 선보이는 폴 매카트니의 모습에 반해버렸다. 그 마음은 자연스럽게 덕심으로 자라게 되었다. 그러다 폴 매카트니의 내한 소식을 들었다. 회사에 다니던 시절이었지만 퇴근하고 돌아오면 매일 자축하는 마음으로 새벽까지 폴 매카트니 그림을 그렸고 그림 위에 쓸 붓글씨를 위해 밤마다 먹을 갈았다. 큰 수술을 하게 되면서 그 덕질도 잠시 멈춰야 했지만, 회복이 될 즈음부터 다시 그림을 그리기 시작해 그렇게 아주 천천히 일 년의 시간 끝에 폴 매카트니 '가왕' 그림을 완성했다.

금손을 가진 친구와 영혼을 털어 티켓팅에 성공한 기쁨에 취해, 친구와 나는 콘서트 날만을 기다리고 있었다. 그러면서 심심할 때마다, 틈이 날 때마다 이런저런 정보를 주워 모으다, 콘서트 주최 측에서 '폴 매카트니 슈퍼팬 이벤트'를 한다는 소식을 알게 되었다. 폴 매카트니를 향한 마음이 담긴 작품을 응모하면 그중 열 명을 리허설 관람과 팬미팅에 초대한다는 내용이었다. 미친 듯 가슴이 뛰었지만, 일단 밑져야 본전이라는 생각으로 병상에서도 떠올렸던, 밤새 먹을 갈아 한 자 한 자 써내려가며 그렸던 그림을 제출했고, 지난 일 년의 시간을 위로라도 하듯 그 그림은 팬미팅 초대장이 되어 돌아왔다.

팬미팅은 콘서트 당일 몇 시간 전에 이뤄지는 형태였다. 콘서트 시작 전, 당첨된 사람들과 난 초조한 마음으로 무대 뒤편에 서서 기다렸다. 그러다 저 멀리 계단을 내려오는 폴 매카트니를 발견하곤 그가 실존 인물임에(?) 한 번, 아이돌 못지않은 수트 핏을 자랑하는 것에 또 한 번 놀랐다. 그는 열 명의 팬들과 짧은 대화를 나눈 뒤 단체 사진을 찍었다. 그러다 운 좋게 구도를 잡던 포토그래퍼의 요청으로 폴 매카트니 바로 옆에 서는 영광을 누렸다. 나는 이 영광을 157cm로 낳아 길러주신 부모님께 돌리며 엉성한 포즈를 취했다. 팬미팅 내내 극도의 긴장을 했던 터라 난 이미 앵콜에 앵앵콜까지 마친 사람처럼 지쳐 있었지만 남은 덕심을 쥐어짜 그라운드석으로 갔다. 그리곤 비명에 가까운 정체불명의 영어로 콘서트가 끝날 때까지 목이 터져라 떼창을 부르며 하얗게 불태웠다. 너무 엄청났던 탓일까. 가끔 내가 직접 겪은 것인지 헷갈릴 때도 있다. 그럴 땐 아무래도 합성 같은 그날의 사진을 꺼내 본다. 한 뿌리 산삼처럼 보이는 건 기분 탓이겠지만.

◇ 덕심은 보장되지 않았던 '비밀보장'

퇴사했을 무렵부터 꾸준하게 들어온 팟캐스트가 있다. 바로 「송은이&김숙 비밀보장」. 어딘지 엉성하고 철없어 보였던 그들의 수다는 의기소침했던 내게 위로가 되어주었다. 별것 아닌 것에 쿡쿡 웃어대며 잠깐의 고단함을 잊었다. 어찌나 위로가 됐는지 허구한 날 그들을 그리며 관계자처럼 팟캐스트를 들으라 SNS와 지인들에게 홍보했다.

그러던 어느 날 한 통의 의뢰 전화를 받았다. 시아버지가 소 특수부위 전문점 고깃집을 오픈했는데 메뉴판에 들어갈 그림을 그려줄 수 있겠냐며 작업 이야기를 나누다가, 시아버지인 사장님을 바꿔준다고 했다. 초짜 프리랜서였던 나는 긴장된 마음을 숨기며 차분한 척 대화를 이어갔다. 하지만 대화를 할수록 왠지 모를 이상함과 친숙함이 느껴졌고 정신을 차려보니 나는 「송은이&김숙 비밀보장」의 그들과 통화를 하고 있었다.

이게 대체 어떻게 된 일이야? 이 두 사람이 내 전화번호를 어떻게 알고 연락을 해왔지? 이 두 사람이 지금 나에게 일을 의뢰하고 있어? 궁금한 것 투성이였다. 당시 전화로 청취자를 낚는 '행운의 보이스피싱'이라는 코너가 있었는데, 바로 그곳에 나를 낚아 달라며 오빠가 사연을 올린 것이었다.

지금 막 프리랜서를 시작했으니 일을 의뢰할 것처럼 위장하면 아주 잘 낚일 거라는 팁과 함께. 사연을 읽은 그들은 유쾌한 내 모습을 기대했을지도 모르겠지만 당황함에 얼어버린 나는 재미없는 통화로 기대에 보답해야 했다. 비록 이불킥을 동반할 흑역사가 생겨버렸지만 그럼에도 그들에게 위로를 받았던 이유를 말해보자면, 철부지 수다가 아닌 그들만의 방식으로 새로운 길을 걸어가던 용기 때문이 아니었나 싶다. 꼬부랑 할머니가 되어도 그들의 철없는 수다를 듣길 바라며 오늘도 볼륨을 높여본다.

◇ 어서 와 덕후는 처음이지?

내가 즐겨보던 TV 프로그램이 있다. 이미 유명한 이 프로그램은 한국에 초대받은 외국 친구들이 며칠간 한국에 머물며 여행하는 모습을 담은 프로그램이다. 자신의 친구가 낯선 한국에 살고 있어 친구를 만나 여행하는 것도 새롭게 보였고, 외국인들이 바라보는 한국의 모습도 새삼스러워 보게 되었다. 여행지에서의 난관을 진지한 엉뚱함으로 시종일관 헤쳐나가는 모습이 내 모습 같아, 보는 내내 피식 웃음이 나왔다. 게다가 당장 떠날 수 없던 나의 통장 잔고 탓에 그들의 여행에 묘한 대리만족까지 받았던 모양이다. 지극히 개인적인 이유와 한국에서의 추억을 잊지 말아 줬으면 하는 바람으로 우리나라에 왔던 외국 친구들을 그렸다. 직접 주고 싶은 마음이야 굴뚝같았지만 그들의 연락처는 알 길이 없었다. 설령 안다고 하더라도 일면식도 없는 내가 집 주소를 묻는다는 건 무례하기 그지없어

보여 개인적으로 SNS에 올리며 그 아쉬움을 달래야 했다.

하지만 나의 정성이 통했는지 우연히 연락이 닿았다. 생각보다 SNS 안은 좁았다. 그 친구들과 직접 연락할 소통 수단을 찾은 셈이다. 그 친구들은 자신의 모습을 잘 그려주어 고맙다고 전해왔다. 다이렉트 메시지를 통해 이야기를 나눌 수 있게 되었고, 그 외 몇몇 분들의 도움을 더 받아, 직접 그린 그림을 보낼 수 있게 되었다.

얇디얇은 종이에 담은 내 마음이 혹시라도 공중 분해될까 봐 비장한 마음으로 여러 번 안전하게 포장했다. 그러고도 괜한 노파심에 맞춤 포장의 달인이 계신 명동의 서울중앙우체국을 찾았다. 포장을 더 해야겠냐는 걱정 섞인 질문에 이미 질소포장 된 감자과자처럼 과대포장 되어 있는 박스를 만지며 달인 아저씨는 웃기만 하셨다.

내 치맛바람이 너무 심했나? 그래도 덕분에 친구들이 있는 곳까지 안전하게 전달된 그림은 얼마 후 프로그램에 깜짝 등장하게 되었고, 나는 졸지에 만천하에 덕후 인증을 하고 말았다.

※주의: 과도한 덕질은 돌이킬 수 없는 현타를 초래할 수 있습니다.

아무것도 하기 싫다

아무것도 하기 싫다.

아무리 생각해봐도 아무것도 하기 싫다.

날씨가 끄물거려서라고 해두자.

물론 날씨가 좋아도 안 귀찮다는 건 아니야.

설마 나만 이래???

부귀영화보단 '영화' 감상

사람들은 나의 변변찮은 아이디어의 원천이 흔히들 '독서'라고 생각한다. 하지만 나는 시간만 나면 산이나 놀이터에서 놀기 바빴던 어린이였기에 안타깝게도 어린 시절엔 독서와는 거리가 멀었다. 그런데도 세 번째 책을 준비하는 작가가 되었다니 기적도 이런 기적이 없지 않을까. 가만히 생각해보니 내겐 책 대신 '영화'가 있었다.

어렸을 적 우리 가족은 영화를 자주 봤다. 금요일이나, 토요일 밤. 비디오 대여점에 가 오빠와 내가 보고 싶은 비디오를 빌려오면 온 가족이 모여 함께 영화를 보곤 했었는데 그 시간만큼은 마치 영화 속으로 가족들과 여행을 떠나는 것 같았다. 이런 여행이 즐거웠는지 언제부턴가 내 손엔 책 대신 리모컨이 자주 들려 있었다.

내가 기억하기로, 태어나서 처음으로 울면서 봤던 영화는 「가위손」이었다. 남들과는 조금 다른 모습과 서툰 표현 방식으로 몸과 마음이 늘 상처투성이였던 에드워드가 어찌나 가엾던지 보는 내내 발을 동동 굴렀다. 그 애틋함 때문이었을까. 눈이 내릴 때면 여자 주인공인 킴을 그리워하며 얼음을 조각하던 가위손을 가진 에드워

드의 외로움도 함께 눈처럼 내릴 것만 같았다. 그렇게 흩날리던 외로움이 기쁨만 알던 일곱 살의 내게 감정의 문고리를 열어 주었는지 한동안 울며 잠자리에 든 기억이 난다.

어른이 되고 싶던 조시가 소원 기계에 소원을 빌자 다음 날 어른이 되어버린 영화 「빅」은 내게 판타지 그 자체였다. 장난감 회사에서 일하는 것도 모자라 집안에 커다란 '방방트램펄린'이 있다니! 집에 그런 멋진 장난감을 가지고 있는 조시가 너무 부러워 나도 빨리 어른이 되고 싶었다. 지루하기만 한 어른의 삶이 늘 새로웠던 조시는 장난감 회사의 수전과 사랑에 빠지게 되는데 얼마 후 소원 기계를 찾게 되면서 기로에 서게 된다. 함께 어린아이로 돌아가고픈 조시의 바람과는 달리 수전은 어른의 삶을 선택했다. 다시 어린이가 된 조시는 커져 버린 양복과 너무 커서 자꾸 벗겨지는 구두를 신은 채 집으로 달려가면서 영화는 끝난다.

어린 나는 수전의 선택을 이해할 수 없었지만 이제 어른이 된 나는 수전이 왜 돌아가지 않았는지 안다. 지나간 것은 지나간 대로 그런 의미가 있기 때문이다. 하지만 언제부턴가 조시의 마음보다, 어른으로 사는 수전의 마음이 더 잘 이해가 되는 걸 보면 조시가 그토록 원했던 '진짜 어른'이 되어버린 건 아닌가 싶은 마음에 괜한 소원을 빌어본다. 어린이가 되게 해주세요! 커다란 트램펄린도 잊지 마시고요!

옛 영화를 추억하며 감상하는 것은 영화를 보는 것만큼이나 즐거운 일이다. 그리고 그 추억이 되어준 어린 시절의 영화들 덕분에 내 머릿속이 조금은 넉넉하게 자랄 수 있던 것 같아 좀처럼 아이디어가 떠오르지 않을 때면 나는 다시 영화 리스트를 훑는다. 마감을 앞둔 새벽에도 이런 핑계를 앞세워 금맥을 찾듯 넷플릭스에서 스크롤을 쭉쭉 내려가며 영화들을 고를 때면 이런 생각을 한다.

이 아이디어로 '부귀영화'를 누릴 수 있기를.

이거 한번 봐 볼까?

17

자유롭고 솔직한 사이

프리랜서가 되고 제일 좋은 것 중 하나를 꼽자면 '만나고 싶은 사람'만 만나도 된다는 것이다. 친하지도 않은데 청첩장을 덜컥 받아버린 옆 부서 직원의 결혼식에 가야 할지 말아야 할지 고민할 필요가 없어졌다. 부장님 앞에서 박수를 치며 웃어야 하는, 편할 리 없는 회식 자리에 가서 인원 수에 맞춰 수저를 놓아야 할 이유도 없어졌다.

인맥은 줄어들었을지 모르겠지만 적어도 그 안에 '억지'는 없다. 물론, 회사가 개인의 성향과는 상관없는 사람들이 모인 곳이라 때론 그 '억지' 덕분에 새로운 사람을 만나는 경우도 있지만, 시작이 부자연스러웠던 탓일까. 회사라는 교집합이 사라지고 나면 그 얄팍한 관계도 끝나는 경우를 종종 볼 수 있다.

마치 죽고 못 살 것 같던 직장 동료와 퇴사 후 연락이 뜸해지는 것처럼. 섭섭한 이유도, 미안할 필요도 없다. 게다가 변화무쌍한 인생이라 시간이 지나면서, 상황이 바뀌면서 뜸했던 관계가 다시 좋은 쪽으로 흘러가게 될 수도 있으니 그 물길을 '억지로' 끌어올리려 하지 않는다. 설령 다시는 편하게 만나지지 않더라도 그 또한 자연스러운 흐름일 테니 거슬러 올라가 다시 친해질 필요도 없다.

　마음 가는 대로 자유롭게 두는 것만으로 충분하다. 흘러가는 물줄기를 따라 나무들이 자라듯 자유롭게 흘러가다 보면 누구라도 자랄 테니.

18

일흔 살에도 일하고 싶어

"이제 우리 나이면 이직하기도 꽤 어려워지는 것 같더라."

얼마 전 다른 일 때문에 통화하다, 친구는 푸념하듯 말했다. 높아진 연차와 연봉으로 이직의 문이 조금씩 좁아진다는 것이다. 따라가기 버거울 만큼 빨라지는 트렌드와 다양해지는 프로그램들로 디자이너와 비非디자이너의 경계가 모호해지는 것 같다고 한다.

오 년 이상, 십 년 이상, 경력이 점점 쌓여가는 삼사십 대 프리랜서 디자이너들은 걱정이 앞선다. 나 역시 친구들의 말에 공감하다가도 그래도 제법 팀장다운 모습으로 일하며, 멋진 삶을 조금은 누릴 수 있을 만큼 넉넉한 연봉을 받는 친구들을 보면 이내 불안한 마음이 든다.

그럴 때면 아주 먼 미래를 상상해본다. 인생의 초겨울에 들어선 내가 희끗희끗해진 머리를 가다듬곤 그날도 어김없이 검은색 몰스킨과 펜 몇 자루를 챙겨 나와 카페 어딘가에서 나의 하루를 그리는 모습을. 그러면서도 여전히 칼같이 마감을 맞추는 커리어 그랜드마더가 된 내 모습을 상상하고 혼자 배시시 웃는다. 그리고 어딘지 나를 닮은 작업실에서 지금보다 더 좋아하는 일을 하고 있을 내 모습을. 그렇게 행복한 할머니가 되어 있을 내 모습을 상상하며 문득 비집고 들어오는 눈치 없는 불안을 밀어내본다.

　그리고 말해본다.

　"괜찮아. 일흔 살엔 더 좋아하는 일을 하고 있을 거야."

19

점점 더 멀어진 다이어트

야근한다고 먹고, 열 받는다고 먹고, 짜증 난다고 먹고, 우울하다고 먹고, 기분 좋다고 먹고. 오늘도 최선을 다해 열심히 먹었다. 물론 사람이니까 먹어야 살 수 있지만 그렇게 치면 이백 살은 너끈히 살 수 있을 만큼 먹어댔던 직장인 시절 이야기다.

그때는 출근하자마자 내 자리 첫 번째 서랍에서 초콜릿을 상비약처럼 꺼내 입에 물면서 하루를 시작했다. 야근할 때면 야근 식대를 놓치는 게 아까운 건지 이 밤이 억울한 건지 알 수 없어서, 그 허한 마음을 배달 음식으로 꾹꾹 채우다가도 갑자기 허한 기운이 밀려오곤 했다. 언젠가 퇴사하면 입사 전 몸매로 돌아갈 수 있을 거라고 위로하며 '밥주정'을 했다.

그리고 몇 년 후 나는 진짜로 퇴사했다. 하지만 야식으로 얼굴이 팅팅 부어도 이제는 보여줄 사람도 없고, 먹은 걸 소화시키느라 잠을 설쳐 늦잠을 자더라도 마감만 늦지 않으면 되니 핑계들은 더 관대해져만 간다. 예전의 모습으로 돌아갈 방법이라곤 타임머신이 개발되기만을 바라야 할 지경이다. 딱히 지금의 몸이 마음에 들지 않는다기보다는, 건강에 적신호가 오는 순간이 그리 멀지 않다는 걸 알기 때문이다. 건강한 음식을, 적정한 시간에 먹어야 한다는 걸 잘 알면서도 괜히 호랑이 기운이 솟아날 필요가 없는 새벽 두 시에 "내일부턴 내가 진짜"를 중얼거리며 오전에 산 새로운 '호랑이 기운'을 뜯는다. 그리고 한 번 더 말하게 된다.

"내일부턴 내가 진짜."

새벽부터 눈이 떠지더니
시리얼을 세 번이나 타 먹고 나서야 정신이 들었다.
호랑이 기운이 솟을 필요도 없는데…
뱃속에 또 다른 누군가가 있는 게 분명하다.

연습이 답이다

인생은 곱셈이다.
어떤 찬스가 와도 내가 제로면
아무 의미가 없다.
- 나카무라 미쓰루(작가)

삶이 곱절로 풍요로워지거나 그 반대가 될 수 있는 인생의 공식 속에서 제로가 되지 않기 위한 방법은 '연습' 뿐이다. 삶에도 연습이 필요하다. 일상을 지켜내려면 일상을 습관으로 만드는 연습은 꾸준해야 한다. 외출할 일이 없어도 머리를 감는 연습을, 밤 열두 시에 다음 화 드라마를 누르지 않는 연습을, 새벽에 라면을 끓일 땐 라면 수프를 반만 넣는 연습을, 무례한 요구엔 정중하게 거절하는 연습을, 불규칙 속에서도 나만의 규칙을 세우는 연습을, 불안함이 밀려올 때 그 마음에 휩쓸리지 않는 연습을, 그리고 처참히 무너진 날이어도 다시 하나하나 쌓아보는 연습을 한다. 정해진 답은 없는 게 인생이라지만 때론 연습이 아무런 의미 없을 인생에 답이 될 수도 있으니까.

내 인생 리듬 타기

어떤 날은 일이 술술 풀리는 것 같다가도, 어떤 날은 이렇게 꼬이기도 어렵겠다며 좌절한다. 어떤 날은 시간이 어떻게 가는지도 모르고 바삐 보내다가도 어떤 날은 오늘이 빨리 지나가기만을 바라며 낭비한다는 느낌으로 하루를 보내버릴 때도 있다. 별것 아닌 것에 좋아하고 슬퍼하고 좌절하며 일희일비하는 내 모습이 우습다가도, 어디쯤 쉼표를 찍어야 할지 모를 만큼 엉켜버린 일정표를 바라보면 절로 한숨이 나온다. 일정한 하루란 건 존재하지 않는다. 어제와 같은 오늘은 아직 단 하루도 없었다.

게다가 어느 장단에 맞춰야 할지 모를 정도로 널을 뛰는 간헐적 의지력 덕분에 오늘도 괜한 후회만 남은 것 같이 느껴지는 하루를 맞이할 때면 다시 마음을 재정비하게 된다. 혼자서 종일 일하다 보면, 잔잔하기만 한 인생 같은데 내 마음은 항상 왜 이리 흔들리는 건지. 이런 애매한 반복 구간을 벗어나기 위해선 일정한 규칙을 만들려 한다. 나만의 규칙이 있다면 조금은 덜 흔들리지 않을까.

회사에 다닐 땐 작은 규칙을 만들었다. 종일 기분이 좋지 않을 땐 퇴근 뒤 회사 메일함은 열어보지 않기로 결심했다. 프리랜서가 된 지금도 작은 규칙을 만든다. 아무도 만나고 싶지 않을 땐 해가 있는 시간에 공원을 걷거나 마음이 허전할 땐 사고 싶던 옷 하나쯤 사기도 한다. 모든 것이 자신 없을 땐 원하던 모습으로 채워진 멋진 하루를 상상해보기로 다짐했다.

균형을 잡으려면 움직여야 한다는 아인슈타인의 말을 떠올리며 서점의 여행 코너에서 책을 뒤적거리다가 티켓팅 사이트 이곳저곳을 찾는다. 리듬 좀 찾자며 괜한 핑계 삼는 것처럼 보이겠지만 모르는 소리! 인생의 몸치 박치들에겐 이만한 약도 없다.

내 마음에는 해가 거듭될 때마다 조금씩 모인
몇 개의 '인생 글귀'가 있다.

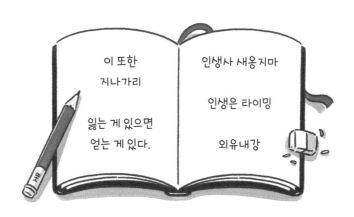

그중 가장 어려운 것은 '외유내강'.

'외유내유'인 나지만

언젠가는 할 수 있겠…지?

22

상비 간식 리스트

◇ 캔커피

어떤 날은 980원에(275ml), 어떤 날은 1,000원에(390ml) 득템하는 캔커피는 아직도 커피 맛을 모르는 나에게도 중요하다. 이것만 있다면 아침이든 저녁이든 쌩쌩 달릴 수 있다.

◇ 두유

종이팩에 들은 두유를 얼려 먹은 자만이 진정 여름을 즐기는 자. 단, 폴라포 엑기스와 같은 진한 두유 맛을 위해 뒤집어 얼릴 것.

◇ 현미차

마음이 복잡할 땐 집구석 방앗간을 만든다. 별것은 아니고 현미를 집에서 볶는다. 현미가 익으면서 방 안 가득 퍼지는 향기에 취하는데 이게 생각보다 건강해지는 느낌이라 자주 만들어 먹는다. 코가 삐뚤어질 때까지 마시게 되는 현미차. 단, 적당히 노릇해질 때까지 약불에서 정성껏 볶을 것.

◇ 말린 대추

수족냉증인들에게 하늘이 내려준 천연 과자. 너무 달지 않고 은근한 단맛이 자꾸 당긴다.

◇ 견과류

태초에 신은 신인류와 견과류를 창조하였다. 물어보나 마나 저는 견과류고요.

◇ 누룽지 사탕

짜증도 녹여버리고 고소한데 달콤한 이 오묘함을 어찌 설명할 것인가. 상비약처럼 가방 안에 꼭 넣어가지고 다닌다. 사탕한다, 누룽지야.

23

이번 달 교통비 12,070원

프리랜서가 되고 생긴 습관이 하나 있다. 걸을 수 있는 거리는 최대한 걷자고 결심했다. 걸을 때마다 쨍그랑거리며 쌓이는 '걷기 애플리케이션' 동전 소리를 듣는 재미도 한몫하지만 이렇게라도 운동을 해야겠다는 생각 때문이다. 게다가 삼수 끝에 거머쥔 유일한 국가고시 자격증인 운전면허증을 무의미하게 만드는 쫄보 근성 덕분에 운전도 하지 않으니 절약 아닌 절약을 몸소 실천하고 있다.

이 와중에 마감이 몰아칠 때면 똥줄 타느라 버스 타러 나갈 시간도 없으니 교통비는 늘 만 원 주변에 머물러 있기 일쑤다. 회사에 다닐 땐 가까운 거리도 아무 생각 없이 버스를 타거나 귀찮아서 환승 시간도 넘기곤 했지만, 그땐 볼 수 없던 숫자들을 볼 때면 기묘하게 뿌듯하다. 태산처럼 걸어 티끌같이 모은 '걷기 앱' 적립금으로 영화를 보는 날엔 뿌듯함을 넘어 알뜰살뜰한 나 자신이 자랑스럽기까지 하지만, 자고로 사람은 고쳐 쓰는 게 아니라고 했던가.

이렇게 아낀 교통비는 그 언젠간 비행기 티켓값으로 부활한다. 결론만 말하자면 그때나 지금이나 다름없는 평균 소비 수준을 유지해 주고 있다. 그래도 한 가지 교훈은 분명하다. 아끼면 똥이 되든 비행기 티켓이 되든, 적어도 뭐든 되어준다.

3장

내가 나를 다독여야 합니다만

1

내게 맞는 옷

샛별을 보고 출근해 샛별을 보며 퇴근하던 사회 초년생 시절. 일 이 년만 버티면, 승진하면 조금 더 나아질 거라고 주문을 외우며 회사에 다녔다. 하지만 시간이 흘러도 깜깜한 새벽을 벗어날 수 없었다. 잠을 잔다는 건 사치스러운 일이었고 그렇게 잠과 맞바꾼 시간으로 꿈꾸듯 일해야 했다.

여러모로 꿈을 꾸기 벅찬 나날이었다. 마치 얼어 죽을 것 같아 대충 걸쳐 입긴 했지만 맞지 않는 옷을 입은 기분이었다. 아쉬운 대로 그 옷에 몸을 구겨 넣곤 기계 장치에 빨려 들어가 끊임없이 나사만 조여대던 「모던 타임스」의 찰리 채플린처럼 열심히 하루를 조여댔다. 그렇게 조여드는 틈 사이로 열정과 기쁨, 건강이 빠져나가고 있다는 것도 모른 채.

그러던 어느 날 퇴사를 했다. 준비된 것은 아무것도 없었다. 알몸으로 지구에 떨어졌던 터미네이터처럼 전쟁 같은 세상에 알몸으로 나오게 되었다. 하지만 적어도 숨도 못 쉬게 인생을 죄던 옷은 벗어버릴 수 있었다. 비록 고급 원단도 좋은 재봉틀도 없지만,

처음으로 내 치수를 재고 이어가며 나다운 옷을, 나에게 맞는 옷을 조금씩 완성해가고 있다.

　지금의 옷이 내게 꼭 맞다고 할 순 없지만 벌어진 틈 사이로 빠져나가던 소중한 것들을 지켜낼 수 있어 서툰 바느질도 즐겁게만 느껴진다. 모자란 곳은 용기로 덧대고, 남는 곳은 미련 없이 잘라내며 화려하진 않지만 스스로 나에게 맞는 옷을 만들어나가고 있다. 그러다 보면 언젠가 내게 꼭 맞는 옷을 입게 될 날이 오겠지. 오늘도 그렇게 믿어본다.

나의 길을 갑니다

프리랜서를 결심하고 얼마 되지 않았을 때 대학교 은사님을 만나 뵙게 되었다. 우리나라 일러스트레이터 일 세대인 교수님은 대학 시절부터 늘 내게 조언을 아끼지 않으셨던 분이었다. 그런 교수님께 같은 길을 걷게 된 기쁜 소식(?)을 전해드렸지만, 나의 들뜬마음과는 달리 교수님은 조심스레 조언을 해주셨다. 아마도 그 길을 먼저 걸어 보았기에 즐거운 만큼 얼마나 힘든지 알았기 때문이었다. 하지만 무식이 용감이라 하지 않았던가. 앞으로 어떤 길을 걷게 될지 알 리 없던 난 나의 길을 가겠노라며 철없는 의지로 일관했다. 이런 내 모습을 보시던 교수님은 양복 주머니에서 펜 한자루를 꺼내 내게 건네주셨다. 작가가 되면 사인할 일이 많아질 거라는 말과 함께.

길을 걷기 위해 가장 먼저 해야 할 일은 '황무지로 들어가는 것'이다. 그리곤 풀을 뽑고, 돌을 골라 땅을 고르고 끊어진 길 위엔 다리를 놓아야 한다. 그렇기에 나의 길을 간다는 건 고되고 때론 외로운 일이다. 땅을 고르느라 엉망이 된 손을 보며 불평할 겨를도 없다.

언젠간 도착할 이 길의 끝을 생각하며, 질러버린 퇴사가 그 언젠가를 앞당긴 지름길이 됐을 거란 생각으로 자신을 위로할 뿐이다. 때론 이런 나를 안타깝게 바라보며 걱정하는 부모님의 모습에 이기적인 마음으로 고집을 부리는 건 아닌지 항상 조심스럽지만, 낳아주신 은혜를 나의 행복으로 보답하겠다고 기특한 합리화를 해본다.

누구나 저마다의 길이 있다.
그저 오늘도 나에게 맞는 그 길을 향해 묵묵히 걸어갈 뿐이다.
그날 건네받은 그 펜이 다 닳을 때쯤 잘 그려져 있을 나의 길을 기대하며.

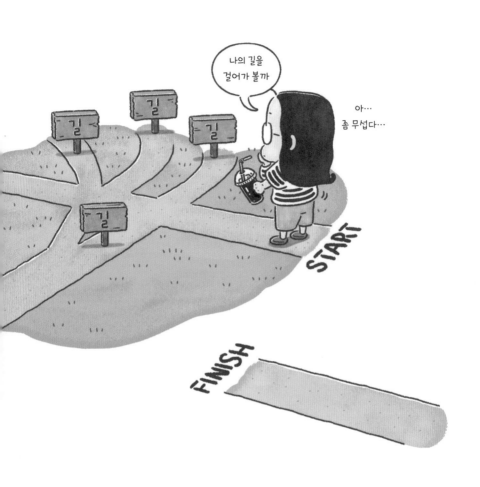

'나만의 길'을 걷는다는 것이 어렵기만 한 어른의 삶.
그래도 '길'이 있고,
언젠가 그 끝에 '도착'할 거란 생각에
오늘도 열심히 걸어가 본다.

잘 먹고 지냅니다

언젠가 TV에서 장수하신 한 할머니의 인터뷰를 본 적이 있다. 아침에 무얼 잡수냐는 질문에 직접 기른 채소와 천연 조미료로 차려 낸 밥상을 예상했지만, 할머니의 아침은 카스텔라와 커피믹스 한 잔이었다. 달콤한 카스텔라 몇 조각과 커피믹스 한 잔을 유유자적 즐기시던 할머니. 오랜 산중생활 때문이었던 건지, 기력 없는 노년의 아침을 위한 선택이었던 건지 모르겠지만 적어도 '맛있는 아침'을 즐기고 있음은 분명했다. 나의 편협한 식단을 변명하려는 건 아니지만 건강식만큼이나 몸에 좋은 건, 먹고 싶을 때 먹고 싶은 걸 먹는 것이 제일이라는 걸 깨달았던 인터뷰였다.

'잘 먹는다'는 기준은 나의 상황에 따라 달라진다. 자취 초창기 시절, 요리가 취미였던 난 회사에 도시락을 싸가며 건강을 챙겼다. 하지만 속 좁은 90리터짜리 냉장고 안의 재료들은 버려지기 일쑤였고 오징어 하나도 못 구워내는 무능력한 인덕션으로 '잘 먹기 위해' 시작했던 요리는 점점 스트레스로 다가왔다. 요리는 과정이 간편하게, 재료는 적당히 먹을 만큼만 준비하기. 잘 먹는다는 건 음식에 대한 미련과 스트레스를 버리는 것으로부터 시작된다.

푸짐하게 차려낸 식사만이 능사는 아니다. 다양해진 식재료와 날로 발전하는 편의점 음식을 골라 먹는 재미에 끼니 거를 걱정은 없다. 게다가 부족한 재료들을 채워 만든 마트의 반조리 음식은 보급형 엄마 손맛까지 느낄 수 있으니 금상첨화까진 아니더라도 은상첨화 정도의 밥상은 차려낼 수 있게 되었다.

누가 편의점 음식은 맛이 없다고 했던가?!

누가 반조리 음식은 나쁜 음식이라고 했던가?!

쌀밥에 반찬만을 제대로 된 식사의 영역으로 인정하는 엄마는 그런 날 걱정스러운 눈빛으로 바라보지만 나는 충분히 잘 먹고 지내고 있다. 정체불명의 검정비닐 봉지에 점령당해 얼음 얼릴 틈 하나 없던 엄마의 냉장고에서 벗어나 김치 냄새가 나지 않는 얼음으로 아메리카노를 마시는 아침 덕분일지도 모르겠지만.

매일 조금씩 쓰는 일기

유치원에 다닐 때 처음 만난 그림일기. 비록 숙제였지만 부드러운 크레파스를 쓰고 싶은 마음에 그림일기를 그리는 저녁은 늘 즐거웠다. 초등학생이 되면서 그림 대신 글이 더 많아지긴 했지만 사각거리는 연필 소리가 좋아 꼬박꼬박 일기를 썼다. 중, 고등학생 때는 주로 부모님께 혼이 나야 일기장을 펼쳤지만 그래도 일기를 쓰고 나면 마음이 한결 편해 계속 일기를 적어나갔다. 대학생 때는 연애를 하느라 오글거렸던 속마음을 털어놓기 위해, 사회 초년생이 되어서는 매서운 하루에 지친 마음을 위로하기 위해 일기를 썼다. 그렇게 써오던 일기 속엔 이젠 나조차 기억하지 못하는 내 모습들이 담겨 있다.

나이만 먹어갈 뿐 전혀 어른스럽지 않은 어른의 삶을 살다 보면 내가 누구인지, 어떤 사람이었는지 잊어버릴 때가 있다. 회사에 다닌 지 몇 해가 지났을 무렵, 빨리 어른이 되라며 쉴 틈 없이 밀려오는 현실에 내 인생 밖으로 밀려난 것 같았지만 나는 늘 '괜찮은 척'을 했다. 하지만 괜찮을 리 없는 내 모습을 보고 있던 누군가는 어느 날 내게 조심스럽게 '가면우울증'인 것 같다며 진단 아닌 진단을 내려주었다.

힘든 모습을 보이는 게 마치 죄라도 되는 양 씩씩한 척, 밝은 척을 하며 감추기 바빴다. 그런데도 가면을 쓴 내가 진짜인지, 그 이면에서 울고 있을 내가 진짜인지 구별하지 못할 정도로 나는 내 감정을 돌보지 못했다. 그렇게 매일을 살다 우연히 오래전 일기들을 보게 되었다. 내가 맞나 싶을 정도로 지금과는 너무 다른 모습에 새삼 놀라긴 했지만 낡은 일기장 속엔 잊고 있던 '내가' 있었다. 매일 밤마다 그때의 내 모습을 떠올리며 서툰 어른의 하루를 끌어안은 채 잠에 들곤 했었다.

오늘도 집요할 정도로 하루를 기록하는 이유는, 그때처럼 내 마음이 어둠으로 덮일 때 오늘의 일기가 한 줄기 빛이 되어 줄 거라는 걸 누구보다 잘 알기 때문이다. 과거의 내게 돌아가 오늘의 나를 위로하는 것. 어쩌면 어른의 삶을 살아내느라 잊고 있을 우리들의 진짜 모습을 간직하는 최고의 방법이 아닐까.

오늘 밤도 이불킥

6

일상의 소리를 찾아서

오늘도 나를 깨운 건 여러 번 맞춰 놓은 알람이 아닌 외부의 목소리였다. 중고 컴퓨터, 노트북, 피아노를 산다는 중고물품 수거차의 멘트였다. 건물에 사는 대부분이 출근했을 아홉 시가 되면 어렴풋이 옆집 나이 든 반려견의 코 고는 소리와 무심하게 상자를 놓고 떠나는 택배 아저씨의 발소리만 들린다. 조용하다 못해 고요함마저 느껴질 때쯤 시끌벅적한 소리가 들려온다. 내가 사는 건물 맞은편엔 어린이 체육 교실이 있는데 학원 승합차에서 쫑알거리며 내리는 아이들의 목소리를 듣다 보면 왠지 모르게 웃음이 난다.

열두 시 무렵엔 점심을 먹으러 가는 사람들의 구둣발 소리가 들린다. 바삐 걷는 소리에 밥 먹을 겨를도 없던 회사 시절이 떠오를 때도 있다. 지금이 밥때인가 싶어 느지막이 일어나 여유롭게 점심을 즐긴다.

이른 저녁엔 가끔 동네 천변을 걷는다. 천변으로 가는 골목에 있는 뻥튀기 장수를 만날 때면 "뻥!"하고 터지는 소리에 한 번, 아직도 뻥튀기 장수가 있다는 것에 또 한 번 놀란다. 그렇게 놀며 쉬며 걷다 보면 올림픽공원이 나온다. 공원에 앉아 있으면 가끔 희미하게나마 유명 아이돌의 콘서트 소리를 듣는 날도 있다. 야외공연이 열릴 때면 오랜만에 라이브 음악을 감상하며 걸어온 보람을 느낀다.

집으로 돌아가는 길엔 찰랑거리는 시냇물 소리와 자박자박 걷는 운동화 소리도 특별하게 느껴진다. 키보드 자판 소리와 마우스 더블클릭 소리, 문이 닫힌다는 지하철 안내방송이 전부였던 회사 시절을 생각하면 별것 아닌 소리도 마냥 소중하게 느껴진다. 일상의 소리를 찾아가는 재미에 빠져 있는 요즘이다.

일상 1악장

조용한 일요일 아침,
옆구리에 과자와 커피를 끼고 클래식을 듣는 것을 좋아합니다.

BGM: Bach 「Goldberg
variations BWV 988 I. Aria」

7

일상 속 음악 리스트

◇ 아이디어를 짜낼 때

아이디어를 생각할 땐 노랫말이 여간 신경 쓰이는 것이 아니다. 대부분 잔잔한 음악을 듣곤 하는데 작업 중 적지 않은 시간을 보내는 '아이디어 단계' 탓에 내 방은 생각보다 조용한 편이다. 평소에도 즐겨듣는 영화 「노트북」의 OST인 「Main Title」이나 영화 「오만과 편견」에 흘러나오는 「Dawn」을 듣곤 한다. 바흐의 「Bach: Goldberg Variations, BWV 988 I. Aria^{골드베르크 변주곡}」을 들을 때도 있는데 누군가에겐 고상한 클래식이겠지만 이때만큼은 고상한 노동요이다.

◇ 단순 작업을 할 때

스케치나 컬러링은 아이디어 단계보다 단순하다. 간혹 조금 까다로운 스케치가 있긴 하지만 그래도 귀를 열어 둘 정도는 된다. 가요나 팝송도 좋지만 반복적인 컬러링 작업엔 라디오만 한 게 없다. 심각하게 작업을 하다가도 심각할 리 없는 사연을 듣다 보면 피식 웃음이 나온다. 주로 「언니네 라디오」나 「송은이&김숙 비밀보장」, 「두시탈출 컬투쇼」를 듣는다. 작업에 집중하느라 문자 참여에 함께하지 못하는 게 늘 아쉽다.

◇ 지극히 일상적인 시간을 보낼 때

한번 꽂히면 질릴 때까지 듣는 탓에 늘 틀어놓는 플레이 리스트가 있다. 내가 깊이 빠졌던 노래 혹은 아티스트 메들리라고 보면 되겠다. 조용필의 「Hello」, 박효신의 「숨」, 폴 매카트니의 「My Valentine」, 일 디보의 「Adagio」, 미카의 「Underwater」, 시드니 베쳇의 「Si Tu Vois Ma Mère」, 등려군의 「월량대표아적심」 등이 있는데 휘트니 휴스턴과 머라이어 캐리가 함께 부른 「When You Believe」를 들을 때면 항상 눈을 감고 감상한다. 좁은 컴퓨터 속에서 무한반복 재생되느라 목이 쉬었을 수많은 아티스트들에게 감사의 마음을 전한다.

◇ 기분이 울적할 때

기분이 울적할 땐 음악을 듣는 대신 밖으로 나가는 편이지만, 집에 있을 때면 '빗소리 ASMR'을 듣는다. 차분한 빗소리와 함께 갓 끓여낸 현미차를 마시고 나면 울적했던 기분도 조금은 진정이 되는 것 같다. 비슷한 이유로 '바람에 흔들리는 나뭇잎 소리 ASMR'을 들을 때도 있다. 비록 스피커에서 흘러나오는 소리에 불과하지만 역시 자연의 힘은 위대하다.

8

슬픔이 잠식할 때

슬픔은 무섭다. 슬픔을 느낀다는 건, 내가 행복한 것들과 이별하고 있기 때문이다. 그런 슬픔을 생각으로라도 곁에 두고 싶지 않아서인지 나는 항상 모든 것이 다 잘될 거라며 입버릇처럼 말하곤 한다. 하지만 슬픔은 늘 어딘가에서 기척도 없이 현실로 숨어들어온다. 갑자기 모든 게 또렷이 보이는 현실로 인해 희망이 사라지고, 불안한 미래가 되어 나의 마음을 조금씩 잠식한다. 모든 게 엉망이었던 회사 시절과 연이은 수술로 미래는커녕 건강조차 자신할 수 없었던 스물아홉의 봄. 그리고 확신하는 만큼 불안한 프리랜서의 삶을 사는 오늘도 불안은 밀물처럼 조용히 밀려온다. 따져보니 늘 불안함은 공존했다.

눈물을 흘리면 그 늪에 더 빠져버릴 것 같아 나는 잘 울지 않는다. 우는 모습을 남에게 보이기 싫어서이기도 하다. 이 답답하고 미련한 성격 때문에 눈물이 차오르면 홀로 남겨질 시간만을 기다린다. 그리곤 아무도 없는 곳에서 아무도 모를 속상함을 훌쩍거리다 이내 부채질을 하며 눈물을 삼킨다. 다 쏟아내지 못한 눈물에 멍든 마음을 안고 집으로 돌아와 모두가 잠든 밤 이불을 뒤집어쓰고 소리 없이 남은 눈물을 쏟아낸다. 언제부턴가 조금이라도 우울한 기분이 들 때면 '빠져나오기 위한' 하루를 보낸다.

일단 운다. 눈치 볼 사람도 없으니 마음껏 운다. 소리 내며 우는 건 여전히 어렵지만 그래도 울어본다. 곪은 상처는 짜내야 더 커지지 않듯 슬픔도 짜내는 시간이 필요하다. 그리고 휴대폰의 각종 알람을 끄고 잔다. 잠을 푹 자고 나면 건강한 생각이 자리 잡을 수 있는 마음의 여유가 생긴다. 일어난 뒤엔 평소보다 아주 천천히 움직이며 마음을 다독인다. 남은 작업이 있다면 작업을 조금 하고, 밥도 잘 챙겨먹고, 방 정리도 하고, 개운하게 샤워도 한다. 주변을 정리하고 깨끗하게 씻는 것만으로도 나에게 붙어 있던 지독한 슬픔도 함께 정리되는 것만 같다. 그러고는 가장 편한 신발을 신고 밖으로 나간다. 슬픔에 찌든 숨을 내뱉고 맑은 공기로 채우며 걸으면 기분이 가뿐하다. 공기청정기의 원리가 이런 걸까. 주말이라면 주변에서 가장 긍정적이거나 단순한 친구와 수다를 떤다. 누군가와 이야기를 나누는 것만으로도 오늘의 슬픔이 한결 가벼워진다.

잠들기 전엔 가장 좋아하는 음악을 들으며 하루 동안 밀어낸 슬픔이 다시 밀려오지 않게 마음을 단속한다. 얼마간의 시간이 지나고 나면 슬픔 위로 새 삶이 돋아나 있다. 그렇게 조금씩 슬픔을 밀어내다 보면 썰물 뒤 반짝이는 조개가 보이듯 빠져나간 슬픔 위로 반짝이는 하루들이 나를 기다리고 있을 테니.

9

술보다 빵

어릴 적부터 할매 입맛이었던 난 여섯 살에도 꽈리고추볶음이나 깻잎장아찌가 없으면 밥을 먹지 않았다. 간식을 먹을 때면 사탕 대신 절편을 집었던 한식 마니아였다. 하지만 '디자인과'라는 무시무시한 곳에 입학하게 되면서 과제와 야작을 동시에 해내야 하는 기적을 보여주기 위해 '컴퓨터 앞에서 먹을 수 있으면서도 냄새는 나지 않고 빠르고 간편하게 먹을 수 있는 것 = 빵'이라는 공식이 내 안에 자리 잡게 되었다. 졸업하면서 드디어 그 공식에서 벗어나나 했지만 웬걸, 더 무시무시한 '디자인팀'에 입사하게 되었다. 밀린 업무를 하느라 점심시간에 나가는 것조차 사치가 되어버린 탓에 또다시 '밥 = 빵' 공식은 성립되었다. 그렇게 어쩔 수 없이 시작됐던 빵의 세계는 쌓여가는 업무와 반복되는 야근으로 점점 중독되기 시작하더니 사랑의 지경에 이르게 되었다.

사랑하면 닮는다던데 어딘지 모르게 닮은 것 같은 포동포동한 빵과 함께 방 안 가득 퍼지는 빵 냄새에 취하며 오늘도 작업한다.

◇ 버틸 힘이 없을 땐 '버터프레즐'

밀가루와 버터라니. 시작부터가 반칙인 버터프레즐은 도무지 기운이 나지 않을 때 먹는 보양식이다. 처음엔 생 버터를 먹는다는 게 조금 충격이었지만 지금은 이 맛을 모른 채 쓸데없는 빵들로 배를 채웠던 나에게 충격을 받는다. 생 버터의 고소함과 빵의 담백함이 어우러져 풍미로 입안 가득해질 때쯤 프레즐 위에 박혀 있던 소금 알갱이가 씹히며 더할 나위 없이 완벽한 맛의 조화가 이뤄진다. 특히 바질 페스토와 연유를 살짝 바른 버터프레즐은 단짠의 매력도 품고 있어 한입 크게 베어 물고 나면 눈이 맑아지는 듯한 기분에 다시 모니터를 뚫어지게 볼 수 있는 힘이 생긴다.

◇ 최고의 상 '크루아상'

독일 여행 중 기차에서 조느라 엉뚱한 곳에 내린 적이 있었다. 다음 기차를 기다리기 위해 들른 빵집에서 제대로 된 크루아상을 만났다. 무심한 듯 바삭하게 씹히는 겉면과 버터 이불에 몸을 말아 다정하게 어금니에 안기는 부드러운 속살에 밀려오는 졸음에 끔뻑거리던 눈도 번쩍! 크루아상에도 번쩍! 엉망이 될 뻔했던 하루가 크루아상 덕분에 완벽한 하루로 남을 수 있었다. 그래서인지 정신없는 작업 속에서도 완벽하게 마감을 끝내고 나면 카페에 들러 노릇하게 구워진 크루아상을 나에게 하사하곤 한다.

◇ 식을 줄 모르는 매력, 식빵

튜닝의 끝은 순정이라 했던가. 제아무리 맛있는 빵이라도 갓 구워낸 식빵을 먹을 때면 고개가 절로 끄덕여진다. 화려한 디저트들

힘이 들 땐 난 빵을 먹어.

하… 취한다.

에 밀려 매장 구석을 지키고 있을 식빵이라도 그 매력은 끝이 없다. 우유에 찍어 먹어도 맛있고, 잼을 발라 먹어도 맛있고, 살짝 구워 먹어도 맛있다. 어떻게 먹어도 맛있는 게 식빵이다. 그래서일까? 식빵을 소분해 냉동실에 넣을 때면 나도 모르게 콧노래가 나온다. 게다가 봉지를 뜯을 때면 한꺼번에 터져 나오는 빵 냄새란! 순식간에 이성을 잃을 지경이다. 이 식을 줄 모르는 매력 때문에 매일 아침을 식빵으로 시작하나 보다.

◇ 김작가 빵집 리스트

게으르진 않지만 멀리 나가는 걸 귀찮아하는 탓에 늘 동네 일대를 벗어나지 못하지만 그래서 더 소중한 동네 빵집 리스트.

·김영모 과자점: 여러 지점이 있지만 잠실에비뉴엘점은 석촌호수뿐 아니라 잠실 일대가 한눈에 보이는 전망을 감상할 수 있다. 두루 맛있는 빵을 즐길 수 있는 곳으로 친구와 수다를 떨기 위해 어김없이 가는 곳이다.

·흡흡베이글: 건강하고 다양한 재료를 담아낸 베이글 전문점으로 골라 먹는 재미는 물론 든든한 한 끼 식사로도 손색이 없다.

·더베이커스테이블: 제대로 된 독일식 빵을 먹을 수 있어 멀리 있어도 가끔 가는 곳이다. 수프인지 국인지 헷갈릴 정도로 한 대접 가득 나오는 수프를 담백한 빵과 곁들여 먹다 보면 독일이 내 눈앞에 있는 것 같은 기분이 든다.

·브래드웍스: 우연히 들렀다 맛본 버터프레즐 때문에 단골이 된 이곳은 쇼핑하다 지칠 때쯤 먹으면 다시 쇼핑할 기력을 되찾게 된다.

·집 앞 파리바게트: 오 분 거리의 빵집은 생활을 윤택하게 해준다. 천천히 걸어와도 따뜻한 빵을 먹을 수 있는 덕에 매일같이 출근 도장을 찍는 곳이다.

스물네 시간이 모자라

　내가 신입으로 입사해 오 년 차가 될 때까지 디자이너로 일했던 회사는 비교적 규모가 있는 곳이었다. 그래서인지 부서도 많고 인사이동도 잦은 편이었다. 패션광고 업무와 리빙브랜드 SNS 운영 및 디자인 업무를 겸했던 이 년 차 시절의 이야기다.

　아침 일곱 시, 그날도 나의 하루는 회사 홈페이지 인터넷 창에 댓글을 달며 시작되었다. 황당하고 무리한 요구에 답글을 달고 나면 내 책상 위는 더 황당하고 무리한 일정들과 함께 여러 브랜드에서 보낸 옷들로 수북해져 있었다. 늘 그랬듯 마감기한은 빠르면 빠를수록. 인성을 의심하게 되는 요구에 언성도 높여보았지만 이 년 차 디자이너에게 힘이란 없었다. 혹시라도 일정에 차질이 생길까 봐 책상 위 가득 쌓인 옷가지들을 분류한 뒤 촬영팀에 보낸 후 전화로 의사소통을 하며 부랴부랴 시안을 잡을 뿐이었다. 며칠간의 야근에도 줄어들 기미가 없던 업무 위로 밀려들어 온 새로운 일들을 정신없이 쳐내다 보면 어느새 다른 브랜드에서 신상품을 들고 왔고 다시 업무를 하고 있으면 또 다른 브랜드에서 신상품을 보내왔다. 그럴 때면 마치 끝이 보이지 않는 '신상품의 뫼비우스 띠' 위를 내달리는 것만 같았다.

　아침 일곱 시라는 살인적인 출근 시간 덕분에 폭풍처럼 업무를 하고 회의를 해도 시계는 고작 열한 시를 조금 지날 뿐이었다. 때는 2012년 11월 1일, 제법 추워진 날씨에 몇몇 직원들만이 산책하던 옥상으로 리빙브랜드 업무를 처리하기 위해 올라갔다. 전날 밤 변변찮은 자취방 싱크대에서 절여온 배추와 함께.

　리빙브랜드 SNS에는 시즌별로 제품을 소개해야 했는데 그때는 '김장철'이었다. 불행인지 다행인지 당시 우리 팀에선 김치를 담글 줄 아는 사람이 나뿐이었기에 몇 겹의 옷을 껴입은 뒤 초겨울의 찬 바람을 맞으며 김칫소를 만들었다. 버무려지는 배추처럼 나도 추위에 버무려질 때 즈음 김치가 완성되었고 첫 성과금을 털어 울며 겨자 먹기로 샀던 DSLR을 꺼내 마치 소소한 행복을 즐기는 것처럼 사진을 찍어댔다. 연출용 컷을 위해 동료가 준비해 온·수육까지 찍고 나면 본부장님께 드릴 먹음직스러운 부위와 김치를 따로 담아 사무실로 내려왔다. 사실, 나와 동료는 음식 촬영을 한 날이면 남은 음식으로 점심을 때우곤 했는데 그날은 그나마 수육이 있어 다행이었다.

　그렇게 점심 아닌 점심을 먹고 나면 다음 콘텐츠에 사용할 상품을 체크하러 엉덩이 붙일 새도 없이 영등포에 있는 회사 매장으로 향했다. 제품들을 이고 진 채로 지하철 계단을 올라올 때면 역 주변은 퇴근하는 사람들로 북적였다. 제품을 전달한 뒤엔 다시 사무실로 복귀했는데, 한적해진 사무실에 도착하면 이내 자리에 앉아 다음 날까지 넘겨야 하는 패션브랜드 업무를 시작했다. 제대로 먹지 못해 밀려오는 출출함과 화장실조차 갈 틈 없이 바빴던 하루의 고단함이 밀려올 때면 동료와 나는 편의점에서 사 온 빵과 과자로 허기를 달랬다.

밤하늘의 별조차 퇴근했는지 반짝이라는 것이라곤 사무실 형광등이 전부인 깜깜한 새벽이 오면 파티션 넘어 섬처럼 떠 있던 고정 야근 멤버들도 하나둘씩 퇴근했다. 나는 그제야 컴퓨터를 끄며 '다 못한 건 내일 오자마자 해야지'라고 중얼거리면서 회사를 나와 육교 넘어 자취방을 향해 터덜터덜 걸어갔다. 말도 안 되는 업무들로 말도 안 되게 바빴던 하루. 치열했던 하루에 이미 지워져 지울 것도 없는 화장을 지우고 나면 옷 여기저기에 붙어 있는 빨간 고춧가루만이 치열함의 증거로 남을 뿐이었다. 소금물에 헹구듯 대충 씻고 나와 절인 배추처럼 침대 위로 몸을 던지고 나면 이내 날이 밝아왔고 나는 다시 출근을 준비했다. 업무는 조금씩 달랐지만 이 정도의 강도로 매일같이 반복되던 일상이었다.

별 보고 나와 별 보며 들어가던 그 시절. 비록 사고 싶은 것들이 생겨도 조금 더 참아야 하고, 물 쓰듯 커피값을 쓸 수만은 없는 프리랜서의 삶을 살아가고 있지만 더 이상 옥상에서 김칫소를 버무리지 않아도 되고 바람에 날아가는 배춧잎을 잡으러 뛰어가지 않아도 되는 지금이 좋다.

11

단짝 대신 단짠

　지금 당장 위로가 필요한 프리랜서는 늘 외롭다. 당장이라도 단짝 친구를 불러내 속상한 마음을 쏟아내고 싶지만, 지금쯤 한창 업무에 바쁠 친구를 생각하면 나만의 단짝 친구가 필요할 때가 있다. 그럴 때면 책상 서랍과 주방의 선반, 냉장고 속에 있는 과자와 쿠키들을 꺼내 먹으며 속상한 마음을 달래곤 한다. 달콤하고 짭조름한 간식을 먹고 나면 화가 났던 마음도 조금은 진정이 된다. 생각해보면 회사 시절에도 각 부서에 뿔뿔이 흩어져 쌓인 업무들과 사투를 벌이고 있을 동기들에 울적한 마음이 들 때면 책상 서랍에서 초콜릿을 꺼내 먹곤 했었다. 늘 바쁜 단짝들을 대신해줬던 단짠 친구들은 그때나 지금이나 내 곁을 지켜주고 있다. 그렇게 오늘도 단짠 친구들과 우정을 쌓으며 책상 위론 과자 봉지가 쌓여가고 있다.

너희들과 바삭바삭 씹다 보면

이 걱정들도 사라지겠지.

12

야근엔 생라면

대학 시절 삼 년간 미술학원 입시 반 강사를 했다. 그때 수업을 마치고 나면 매일같이 가방에서 라면 한 봉지를 꺼내던 학생이 있었다. 라면 수프도 뿌리지 않은 생라면을 아그작 아그작 소리 내 먹으며 집으로 돌아가던 학생이 그땐 참 희한하다고 생각했지만 지금 생각해보니 지극히 이해가 된다.

오랫동안 무언가에 열중하고 스트레스를 받다 보면 이상하게 라면이 땡긴다. 게다가 라면 먹기 딱 좋은 밤이 되면 라면 금단현상마저 찾아온다. 자주 먹다 보면 질릴 만도 한데 라면은 도무지 질리지 않는다. 하지만 밤늦게 라면을 끓이는 게 귀찮아서인지, 다음 날 불어 있을 얼굴을 볼 자신이 없어서인지, 끓이지 않으면 덜 부을 거란 꽤 과학적인 추측 때문인지 작업이 새벽까지 이어질 때면 생라면을 먹는다. 조용하다 못해 고요한 밤 방안 가득 퍼지는 경쾌한 생라면 소리가 그렇게 좋을 수 없다.

이 와중에 건강을 챙기겠다며 수프는 구석에 밀어두지만, 어느새 손가락을 수프에 찍어 짭조름한 맛을 즐기고 있다. 라면 한 봉지에 새벽 작업을 버텨낼 기력이 조금이나마 솟는 걸 보면 생라면은 내게 자양강장제나 다름없는 것 같다. 가끔 생라면은커녕 밥 먹을 겨를도 없이 바쁘게 마감을 한 날이면 작업을 마치자마자 이내 잘 준비를 한다. 뻑뻑해진 눈을 비비며 이불을 덮으려는 순간 싱크대 수납장 안에서 나를 유혹하는 소리가 들려온다.

"생라면 먹고 갈래?"

13

대인관계와 데인관계 사이에서

"믿을 게 없어서 사람을 믿냐?" 야박하게 들릴 수 있겠지만 가끔 내가 하는 말이다. 무작정 사람을 불신하며 관계를 끊자는 게 아니라 내가 아는 '지금의' 그 사람이 '영원할 거라는' 착각은 하지 말자는 것이다. 어른이 되면서 넓어지는 사회생활과 그때마다 달라지는 내 모습만 봐도 그러니 말이다. 작가, 프리랜서, 일러스트레이터, 디자이너, 딸, 동생, 언니, 조카, 제자, 선생님, 친구, 선배, 전직장 동료 등 나를 표현할 호칭이 늘어날수록 나의 모습도 많아진다. 그런 모습만큼 다양한 사람들의 생각에 맞춰 관계를 맺다 보면 지치다 못해 회의감마저 들 때가 있다.

곰처럼 묵묵히 일했다가 쓸개까지 빼앗기고 조직에서 퇴출되는 사람들을 볼 때면, 99번을 잘했더라도 1번을 못하면 '못하는 사람'이 되어버릴 때면, 호의가 계속되니 만만한 호구쯤으로 생각하는 사람들을 볼 때면, 아쉬울 때만 찾아오는 사람들에게 '아. 쉬운 사람'으로 여겨질 때면, 믿었던 '베프^{베스트 프렌드}'가 '배프^{배신한 프렌드}'로 변할 때면, 날 '이해'해 줄 것 같던 사람이 가장 먼저 날 '오해'하는 모습을 볼 때면 마음 한쪽이 씁쓸해진다.

　몇 마디 나눈 대화에도 마음이 통하는 것 같다며 호들갑 떨 필요 없다. 이 마음이 길고 짧을지는 '데어봐야' 알 수 있을지도 모르기 때문이다. 이런 관계 속에서 우리의 마음이 데이지 않기 위해선 순간마다 '불 조절'을 해야 한다. 분에 끓어오르거나 차갑게 실망하게 될지 모를 마음을 '적당한 온도'로 유지하기 위해서 말이다. 그게 조금은 냉정하거나 무뚝뚝해 보일지라도 우리의 시간은 생각보다 짧기에 '불 조절'을 해야 한다. 잠깐 한눈 판 사이에 홀랑 타버릴 수도 있으니.

14

로또 일 등이 되는 날

잠실역 8번 출구 앞에 있는 로또 판매소는 아는 사람은 다 아는 로또 명당으로 당첨 번호 발표일을 앞둔 날엔 줄이 장관이다. 지하철 입구까지 줄이 이어지다 못해 놀이동산 대기 줄처럼 거리 위엔 사람들이 구불구불 늘어서 있다. 저마다 럭키넘버를 품고 온 사람들은 대박의 주인공을 꿈꾸며 마치 '내 인생 능력 시험'이라도 보는 양 신중하게 마킹을 한다. 기대에 찬 사람들의 모습과 훈장처럼 펄럭이는 '일 등 당첨금 00억!'이 적힌 현수막을 보면 로또를 사지 않는 나도 괜히 망상해본다.

예전엔 일 등을 해서 삼십 억 정도가 생기면 작은 아카데미를 만들고 싶었다. 사춘기를 지나고 있을 아이들부터 오춘기를 앓고 있는 어른들까지 모두가 쉽고 편하게 그림을 그리며 삶의 방향과 의지를 찾는 곳을 만들겠다는, 그런 기특한 생각을 했다. 하지만 지금은 서울 내 삼십 억짜리 건물을 산 뒤, 일은 취미로 쉬엄쉬엄하면서 받은 월세로 한량같이 살고 있을 상상을 해본다. 1층엔 베이커리&카페가 들어 왔으면 좋겠다. 그 건물 3층엔 작업실을 꾸밀 것이다.

클래스도 운영할 거라 수업을 할 때면 1층에서 사 온 빵을 먹으며 그림을 그리고 싶다. 옥상엔 작은 정원도 만들어 텃밭도 가꾸고 파티도 하면서 그렇게 건물주이자 베짱이 유망주가 되어 있을 나를 꿈꿔 본다. 하지만 현실은 개미처럼 부지런히 버스정류장을 향해 뛰어가는 내 모습에 괜스레 마음이 헛헛해지지만 그래도 내 인생의 주인공은 나라며 위로 섞은 응원을 해본다.

하지만 난 알고 있다.
진짜 대박의 주인공은 상점 주인아저씨라는 걸.

15

아이디어 짜내는 중

　나의 작업은 대부분 크고 작은 아이디어를 필요로 하는 경우가 많아 주기적으로 충전을 해야 한다. 여행이나 영화, 독서로 충전하기도 하지만 대부분 카페에 멍하니 앉아 에너지를 채우곤 한다. 가지런히 진열된 빵, 각자의 음료를 앞에 두고 수다 떠는 사람들, 유리창 너머 보이는 간판과 달리는 버스를 보며 눈에 들어오는 풍경이란 풍경을 일단 머릿속에 집어넣는다. 이쯤 되면 충전보단 주워 담기라고 부르는 게 맞겠다. 그렇게 한참을 담다가 전원이 꺼진 것처럼 멍하니 있는다. 이것은 다시 전원을 켰을 때 쓸 만한 아이디어를 가려내기 위함이다. 그렇게 초점 없이 멍하니 있다가도 점점 찡그려지는 미간으로 분노를 곱씹는 사람처럼 보일 수 있겠단 생각에 가끔 기지개를 켠다. 멍 때리는 것 같던 모습이 아이디어를 짜내고 있던 거라니. 이제 그런 날 볼 때면 사람들은 내심 그럴싸한 아이디어를 기대할지도 모르겠다. 그런 사람들에게 말하고 싶다.

　입력한 만큼 출력이 됐다면 빌 게이츠가 됐겠지 김지은이 됐겠냐고.

원산지가 제 머릿속이라 맛은 장담할 수 없지만
아이디어를 내리는 중입니다.

16

믿지 않겠지만 공부 중

딱히 필요한 게 없어도 나는 매일같이 마트에 간다. 바글바글한 사람들을 비집고 나와 새로 들어온 신상품을 괜히 만지작거리다 핑계를 만들어 바구니에 담는다. 다양한 맛만큼이나 개성 만점인 소스 통, 맥주에 취하기 전에 디자인에 먼저 취할 것 같이 매력적인 캔맥주, 골라 먹는 재미만큼 골라 보는 재미도 있는 라면 코너까지. 특히나 읽을 수 없어 더 새롭게 느껴지는 수입 코너에 갈 때면 정신을 못 차리고 진열대를 정독한다. 외출하고 돌아올 때면 꼭 대형마트가 있는 역에서 환승한다. 짧은 환승 시간 때문에 잠깐만 들리기로 하지만 역시나 양손 가득 봉투를 들곤 새 요금을 내며 버스에 오른다.

여행지에서 가장 먼저 달려가는 곳도 바로 '마트'다. 런던으로 여행을 갔던 이유 중 하나도 디자인 강국인 영국의 마트를 보고 싶은 마음에서였다. 대학 시절 교수님이 보여주셨던 하비 니콜스의 패키지를 직접 보게 되었을 때의 감동이란. 내겐 바티칸에서의 감동과 감히 비교할 수 있겠다. 아침에 눈을 뜨면 숙소에서 가장 먼저

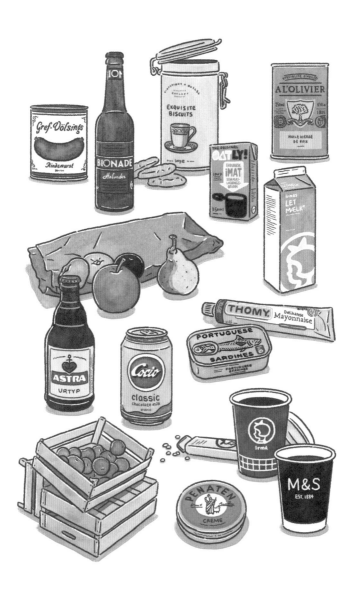

나와 M&S^{막스엔스펜서}에서 커피를 마시며 매일같이 마트를 구경했다. 독일 여행 땐 너무 집중하며 마트를 구경한 나머지 마트 직원의 의심(?)을 사 검사까지 받았던 적도 있었다. 다른 여행객들이 명품 아울렛을 갈 때 마트를 찾았던 내겐 이곳이 프라다요, 루이뷔통이었다.

오늘도 마트 우등생답게 미리 준비해간 부엉이 무늬 장바구니를 꺼내 내겐 교과서나 다름없는 물건들을 담는다. 이 모든 게 디자인과 일러스트를 참고하기 위해서라고 말해보지만, 각종 주전부리로 가득한 영수증 탓에 엄마에게 걸리기라도 하면 잔소리를 들을 각오를 해야 한다. 하지만 당당히 말할 수 있다. "나 지금 열심히 공부하는 중이라고!"

혹시 알아? 하버드에 마트과가 있었다면 수석 입학 했을지도.

17

좀처럼 괜찮아지지 않는 날

그런 날이 있다. 침대 밑으로 꺼져 들어가다 못해 깊은 바다 밑으로 가라앉는 것만 같은 날이, 잘못된 건 하나도 없는데 내 삶은 모두 다 엉망인 것만 같은 날이 있다. 나를 사랑하기엔 내가 너무 보잘것없어 보이고, 그저 목적 없이 내달리기만 하는 열차가 된 것 같은 날이 가끔 있다.

하염없이 흘러가 버린 시간에 미래를 꿈꾸기엔 겁이 나고, 용기를 내보자니 자신감 없는 통장 잔고로 '꿈' 같은 건 깊숙이 접어두는 날이, 그렇다고 누구에게 말하자니 말한다 한들 달라질 게 있을까 싶은 기대 없는 마음과 말할 의지조차 없는 날이 있다. 아무렇지 않은 척 사람들과 뒤섞여 웃고, 떠들고, 화를 내기도 하며 하루를 보냈지만 공허한 마음 한구석을 채운 거라곤 '괜찮지 않은 것들'뿐인 그런 날이 있다.

그나마 다행히 그날이 휴일이라면 대충 걸쳐 입고 편의점으로 달려가 아침부터 과자 몇 봉지를 품에 안고 돌아온 뒤 점심으론 꼭 라면을 끓여 먹는다. 그리곤 선잠을 자고 일어나 퉁퉁 부은 얼굴로

책을 펼치지만 이내 접고 이 기분을 조금은 덜어낼 수 있을까 싶은 마음에 영화를 틀어본다. 보는 둥 마는 둥 울림 없이 끝나버린 영화를 뒤로하고 '저녁은 잘 먹어야지' 하는 마음을 먹는다. 생각과는 다르게 집에 있는 '아무거나'를 먹고, 낭비해버린 오늘을 반성이라도 하듯 다이어리를 꺼내 내일의 할 일을 빼곡하게 적어나간다. 때론 친구들과의 수다로 '괜찮지 않은' 마음을 조금이나마 달래보지만 이걸로는 부족한지 잠들기 전 뻑뻑한 눈꺼풀을 들어 올려 멋진 강연을 보거나 마음 설레는 여행기를 찾는다. 하지만 결국 의미 없는 가십 기사를 뒤적거리거나 '과자 공장'에서 초콜릿 폭포를 일렬로 통과하는 과자가 나오는 영상만 보다가 동이 틀 무렵에 겨우 잠에 든다. 그럴 때마다 스스로에게 말한다.

"너무 애쓰지 마. 있는 그대로가 나야."

생각할 게 너무 많은 건지
머릿속은 복잡하기만 하고
모든 것이 엉망인 것만 같은 날.

다들 있겠지…?

18

혼자가 뭐 어때서

나는 대부분
혼자 밥을 먹고
혼자 카페를 가고
혼자 영화를 보고
혼자 전시를 보고
혼자 여행을 다니고
혼자 일한다.

주변에선 '혼자 라이프'에 심취한 나를
걱정스러운 눈으로 바라보곤 하지만.
뭐 어때?
친구랑 놀지 않아도 사랑하는 사람이 없어도
오롯이 나 혼자서도 즐겁게 지낼 수 있다는 거.
그거 진짜 엄청난 거 아니야?

내 인생의 주인공.
눈치 보지 말고 내 행복 챙기면서 살자.

싫은 걸 어떡해

"넌 돈 벌 생각이 없냐?" 주변 사람들에게 종종 듣는 말이다. 유명 작가들처럼 얼굴도 공개하고 그림 그리는 모습을 유튜브에도 올리면서 시대에 맞게 적극적으로 활동을 하라는 것이다. 자고 나면 딴 세상일 정도로 빠른 트렌드와 여러 방면에서 재능꾼들이 넘쳐나는 세상을 살아가기도 벅찬 데 따라가라니. 타고난 아날로그 기질인 내겐 버거운 이야기다. 그럼 SNS에라도 일상 모습을 올려 보라고 말하지만, 얼굴을 공개해야 한다는 게 아직은 내키지 않는다. 작가 소개용으로 요청이 올 때를 제외하곤 내가 자발적으로 얼굴을 올리지 않는 이유는 SNS 속 세상이 가끔은 무섭게 느껴지기 때문이다. 할리우드 스타도 아니고 유명인도 아닌데 뭘 그렇게 유별을 떠나 하겠지만 모든 선택엔 '양면'이 있다고 생각하기에 괜한 걱정이 앞선다. 유명하지도 않은 내가 애매하게 공개한 사생활 때문에 그림쟁이의 삶이 아닌 '남의 눈을 의식하며 사는 삶'을 살게 되는 건 아닐까 하는 노파심(feat.김칫국) 탓도 있다.

친구들은 그런 내게 원데이 클래스라도 본격적으로 해보라지만

어른이 될수록 점점 더 깊어지는 고민들.

그러기에 우리는 많이 보고, 듣고, 생각해야 한다.

정답은 없으니까.

그런 말을 들을 때면 늘 '아직 준비가 안 됐다'는 대답만 한다. 목숨 같은 시간과 바꿔 힘들게 벌었을 누군가의 돈을 허투루 쓰게 하고 싶지 않은 이유에서였다. 그래도 언젠간 이 낙서의 즐거움을 나누고 싶다고 말하고 나면 어김없이 "넌 돈 벌 생각이 없냐?"는 말을 또 듣고 만다.

그래서인지 작업으로만 돈을 벌고 있는 요즘이라 모든 의뢰가 소중하다. 어떤 땐 페이도 적당하고 꽤 이름 있는 회사에서 의뢰가 들어올 때가 있다. 하지만 그 와중에도 어딘지 모르게 '노잼' 냄새가 나면 한동안 주저하다 일정이 맞지 않는다는 핑계를 대며 거절을 한다. 내가 생각해도 답답할 노릇이다.

그럴 거면 얼굴에 철판이라도 깔고 지인들을 총 동원해 인맥을 쌓으라고 주변에선 말하지만 상상만으로도 닭살이 돋으니 시도조차 하지 않는다. 그럴 때면 '나 아직 정신 못 차렸구나'라는 생각과 '아무래도 부자 되긴 그른 것 같다'는 생각이 든다. 하지만 싫은 걸 어떡하란 말인가. 뭐. 하는 수 없이 이번 달도 허리띠를 졸라매는 수밖에.

그런데… 이번 달만인 거… 맞겠지?

20

거절하는 법

영화 「예스맨」의 짐 캐리가 "Yes!"를 외치다 삶의 깨달음을 얻었을지는 몰라도, 현실에서 그렇게 외쳐댔다간 바보 취급이나 당하며 평생 남의 부탁을 들어주느라 병만 얻게 될지도 모른다. 프리랜서가 되고부터 이런저런 부탁을 받을 때가 있다. 아무래도 프리랜서는 의뢰 가격도 '프리'할 거라 착각하는 모양이다.

너무 매몰차게 거절하기가 그래서 가끔 부탁을 들어주곤 하는데 의뢰인지 부탁인지 헷갈릴 정도로 밤낮 수정을 시켜놓곤 뭐가 아쉬운 건지 다음엔 좀 더 신경 써 달라며 볼멘소리를 한다. 정말 아쉬운 사람은 나인데. 해주고도 욕먹는 게 이런 건가 싶었다. 이 일을 오랫동안 즐겁게 하기 위해선 주변으로부터의 염치없는 부탁과 몰려오는 의뢰를 거절할 줄도 알아야 한다. 의뢰를 거절한다는 게 선뜻 이해되진 않겠지만 예의 없는 부탁보다 거절하기 어려운 게 '의뢰'다.

회사에 다닐 적엔 내가 거절 한들 월급이 사라지진 않았지만, 프리랜서를 막 시작했을 무렵 자칫 일이 송두리째 사라질지도 모른

어떤 약을 먹어야 행복할까?

다는 생각에 거절의 이유를 찾기보단 할 수 있는 방법을 먼저 생각하곤 했다. 게다가 처음 느껴보는 고정급여 없는 삶이 주는 공포에 난 '예스우먼'이 따로 없었다. 그렇게 불안함에 받았던 일과 당장의 곤란함을 피하려고 받았던 부탁이 나를 점점 죄어오기 시작했다. 첫해를 보내고 결국 탈이 났다. 수액을 맞고 병원에서 돌아오는 길이 문득 데자뷔처럼 느껴졌다. 생활만 달라졌을 뿐 나는 또 회사에 다닐 때처럼 무모하게 살고 있었다. 그 이후부터 부탁과 의뢰를 받을 때면 '단순'해지기로 했다. 사전적 의미 그대로.

    –단순: [명사] 복잡하지 않고 간단함.

   온전한 나의 프리랜서 라이프만을 생각하며 거절을 불편해하지 않고 불안한 현실에 매이지 않기 위한 '단순함' 말이다. 거절할 상황이 오면 합당한 이유를 감정은 섞지 않고 '단순하게' 말하는 것. 물론 감정을 섞지 않는다는 게 쉬운 일은 아니지만 그럴수록 나의 진심이 빠져나간다고 생각하면 어느 정도 이성의 끈은 붙잡을 수 있을 것이다.

   그런데도 불구하고 그놈의 '어쩔 수 없는' 부탁과 의뢰에 새벽까지 작업할 때면 이성의 끈은 끊어지고 머릿속은 복잡해지지만 그럴수록 단순해져야 한다. 이 또한 '아직도 단순해지지 못하는 나'와 거절하는 법일 테니 말이다.

직장인 vs 프리랜서의 뇌구조

결혼할 수 있을까

어릴 적 내가 이루고 싶던 인생의 최종 꿈은 '우리 집 같은 가정'을 이루는 것이었다. 어릴 땐 스물여덟 살 즈음엔 충분히 나만의 가정을 이뤘을 거라 생각했고, 이 글을 쓰고 있는 지금 즈음엔 예쁜 아이가 두 명은 있을 거라고 생각했다. 하지만 내 생각과는 다르게 시간은 너무 빨리 흘러갔고 어쩌면 이렇게 계속 흘러가다 마흔은 물론이고 환갑도 금방일 것 같다는 생각마저 들었다. 하지만 이 모든 것이 핑계라도 되는 것처럼 주변에선 하루가 멀다 하고 결혼을 했다.

언젠가 부케를 받은 적이 있었다. 주인공도 아니면서 괜히 긴장하며 결혼식 일주일 전부터 야식을 끊었다. 졸업사진처럼 다시 흑역사를 남길 순 없단 생각에 공들여 화장하고 오랜만에 하이힐 위에도 올라섰다. 날아오는 부케를 받으며 임무를 완수한 뒤 얼마 전 결혼한, 이제 곧 결혼할 친구들 틈에 섞여 앉아 섞일 수 없는 대화를 이어나갔다. 그리고 그동안 서운했을 뱃속을 뷔페 음식 몇 접시로 달래고 집으로 돌아오는 길, 괜히 카페에 들려 커피를 주문했다. 오로지 부케를 받기 위해 치장을 한 내 모습과 이런 모습을 보여줄

풀메이크업을 하고
카페에 앉아 낙서나 하고 있는 주말의 오후.
내게도 너를 던지는 날이 올까?

존재라곤 부케뿐인 현실이 내심 서운했던 모양이었다. 시들어가는 부케처럼 화장도 지워지기 시작했고 백만 년 만에 신은 하이힐 때문에 허리는 시큰거렸다. 집으로 돌아와 화장을 지우던 중 불현듯 어제 야식을 참았던 나에게 화가 나 결국 밤 열두 시에 라면 물을 올렸다. 찬밥까지 말아 싹 비워낸 모습이 마치 사나운 하루를 보내곤 집으로 돌아와 밥과 고추장을 양푼에 비비며 분풀이를 하는 모습이 있던 드라마 「내 이름은 김삼순」의 삼순이 같았다. 아니, 삼순이였다.

하루 빨리 결혼하길 바라는 마음에 딸의 이상형과는 정반대인 선 자리를 마련하시는 아빠와 언제나 기승전결혼으로 대화를 하는 엄마와 한바탕 언성을 높이고 나면 어김없이 친구를 만나 푸념을 한다. 이런 내게 친구는 지난 해 아흔 번이 넘는 소개팅을 했지만 연차 내고 만나는 사람이 결국 너라고 말하며 심심한 위로를 건네주었다.

아니 잠깐, 아흔 번이라니.
나도 나지만 너도 너다.

23

이 길이 맞는 걸까

오랜만에 만난 친구가 주말에 점을 보고 왔다고 했다. 이직은 언제 하면 좋을지, 이 사람과 결혼을 해도 될지, 새로운 일을 해야 할지 등 인생의 갈림길에서 누군가 정도를 말해주길 바라는 마음에서라고 했다. 나는 한 번도 점을 본 적이 없다. 아무리 점쟁이일지라도 나와 초면인 사람의 입에서 나오는 말들로 내 인생을 결정짓고 싶진 않아서다. 그런 내게 친구는 재미로 본 거라고 말하지만, 말에는 힘이 있다. 특히 그 말이 자신의 앞날을 두고 하는 이야기다 보니 선택의 갈림길에 설 때마다 주저하게 만든다. 그 말대로 가는 게 맞는 길일지 아닐지 말이다.

인생은 갈림길의 연속이고 그때마다 우린 선택을 해야 한다. 하지만 모두가 인생은 초행길이라 길의 갈래가 보이면 불안함 마음이 밀려온다. 그럴 때면 나는 나만의 조언자를 찾아간다.

나조차 잊고 있을 내 모습을 기억하고 있는 부모님과 함께 자라온 오빠, 새로움을 대하는 나의 자세와 숨겨진 가능성을 알고 있는 은사님, 그리고 어쩌면 가장 솔직한 내 모습을 보았을지도 모를 속

잠이 오지 않는 건
오후에 마신 더블샷의 커피 때문일까.
커피 탓을 하는 쓸데없는 걱정 때문일까.

깊은 친구들에게 말이다. 하지만 조언을 듣는다고 홍해가 갈라지듯 맞는 길이 떡하니 보이는 건 아니다. 그 길이 맞든 맞지 않든 길 위를 걸어갈 사람은 자신뿐이기에 결정은 내 몫이다. 방향을 잡아주는 나침반을 보물이 숨겨 있는 지도와 혼동해선 안 된다. 그러면서도 불안한 마음에 그 나침반이 가리킨 길이 내게 '맞는 길'이길 바랄 때가 있다. 그리곤 자문한다.

　이 길로 가는 게 맞는 걸까? 이 길은 안전한 길일까? 꼭 이 길을 걸어야 좋아하는 일을 할 수 있는 걸까? 이 길을 다 걷고 나면 난 행복할까? 혹여 다치진 않을까, 길을 잃고 방황하진 않을까… 갖은 염려와 근심이 내딛는 발목을 붙잡는다. 엉덩이 멍들 걱정 없이 용감하게 걸음마를 했던 어릴 적 나는 어디로 간 걸까. 상처를 두려워하면 걸을 수 없듯 실패를 두려워하면 꿈을 향해 나아갈 수 없다. 어쩌면 인생에 '맞는 길'은 없을지도 모른다. 정상에 올라야 비로소 진풍경이 보이는 것처럼 끝까지 걸어봐야 내게 맞는 길이었을지를 알게 될지 모르니 말이다. 그저 나의 의지가 지치지 않고, 마음이 다치지 않게 현명한 휴식과 다짐에 목을 축이며 걸어갈 뿐이다. 원래 길을 걷는 게 그런 거니까.

24

조급함과 친해지는 법

조급할 거 없이 힘 풀고 대충대충 살다 보면
걱정도 대충대충 하지 않을까?

조급해봤자 쌓이는 건 걱정뿐이니까.

퇴사하고 프리랜서가 되겠다고 마음먹기까지 사 개월 남짓 걸렸다. 그 공백기에 적지 않은 돈을 써야 했다. 운전면허도 따야 했고, 야근으로 달래던 아픈 곳들도 치료받아야 했고, 오 년 동안 한 번도 누리지 못했던 여행도 다녀와야 했고, 낡은 컴퓨터를 정비하고 필요했던 노트북과 장비도 마련해야 했고, 직장 상사에게 받았던 스트레스로 뒤집어진 피부를 회복하느라 대학병원도 다녀야 했기 때문이다. 그래서인지 허투루 돈을 쓴 적이 없었는데도 나의 재산은 초라했다. 이 와중에 친구들의 승진 소식이 들려올 때면 마음은 괜히 조급해졌다. 마음을 다잡고 프리랜서를 결심했지만, 고정 수입에 대한 걱정과 앞날에 대한 고민으로 조급함은 '만약'이 되었다.

만약, 회사에 계속 다녔다면 어땠을까?
만약, 회사에 계속 다녔다면 돈을 얼마나 더 모았을까?
만약, 회사에 계속 다녔다면 더 큰 프로젝트도 할 수 있었겠지?
만약, 회사에 계속 다녔다면 결혼은 했을까?

오지도 않을 '만약'의 상황을 상상하며 한숨만 쉬던 내게 엄마는 "너 이것밖에 못 모았냐?"며 급소에 한 방을 날렸다. 이래저래 조급해하기 딱 좋을 상황이었다. 조급함을 피할 수 없다면 즐기라고 말하는 사람들이 있다. 하지만 무섭게 날아오는 강렬한 현실의 펀치를 정면으로 맞으면서 어떻게 맨정신으로 즐길 수 있는지. 피할 수 있다면 피하는 게 상책이듯 즐겨봤자 돌아오는 건 현실에 대한 근심뿐이다.

조급함과 친해지는 법은 '대충' 사는 것이다. 내일은 없을 것처럼 무책임하게 산다는 뜻이 아니라 현실에 얽매여 스스로를 너무 혹사시키진 말자는 것이다. 그래서인지 '파이팅'으로 끝나던 친구들과의 대화도 언젠가부터 '대충 살자'로 끝내곤 한다. 통장의 잔액은 대충 훑겨보며, 완벽하게 살아야만 할 것 같던 하루를 대충 살아보며, 누가 알아주지도 않는데 주말까지 희생했던 과한 책임감도 잊고 대충 살기로 했다.

물론 조급함과 친해지기란 여전히 어렵고, '대충의 삶'을 살기도 쉽지만은 않지만 조급할 건 아무것도 없다. 이뤄질 꿈들이 남들보다 많아 시간이 조금 더 걸리는 것뿐이니까.

25

이직의 끈

프리랜서를 선언한 뒤 괜찮은 척했지만 사실 난 전혀 괜찮지 않았다. 그동안 모아놓았던 몇 푼 안 되는 돈과 퇴직금을 기약 없이 까먹고 있었기에 괜찮을 리 없었다. 아침마다 눈을 뜨면 몰려오는 불안함에 구직 사이트에 접속하는 것으로 하루를 시작했다. 후속으로 할 수 있는 일을 가지고 나온 것도 아니었고, 누구에게 부탁할 성격도 못 돼 메일함은 의뢰메일보다 스팸메일로 가득했다. 그런데도 지인들이 이직 자리를 제안할 때면 혹시라도 먼 훗날 끈기 없던 내 모습을 후회하진 않을까 싶어 패기 넘치는 척 거절을 했다. 그리곤 다음 날 아침이면 다시 구직 사이트에 접속하며 하루를 시작했다.

이것은 마치 고기를 잡기 위해 배는 띄웠지만 거센 파도와 공선空船에 대한 두려움으로 부두에 밧줄을 묶어 놓은 채 바다 위에 떠 있는 어부의 모습과 같았다. 매달 빠져나가는 고정출금을 확인할 때면 더 꽉 주먹을 움켜쥐었다. 그렇게 쥐고 있던 이직의 끈은 나를 바다로도, 육지로도 움직일 수 없게 만들었다.

그러다 문득 항해는커녕 바다 위 부표로 남게 되는 건 아닐까 하는 두려움에 쥐고 있던 이직의 끈을 놓았다. 그렇게 한 치 앞 알 수 없는 망망대해로의 항해가 시작되었다. 지금은 다시 돌아가고 싶어도 돌아갈 수 없을 만큼 멀리 와버렸지만 두려움이 기대로 바뀌길 바라며 오늘도 핸들을 잡아본다. 미지의 여행길 끝에 신대륙을 발견했던 콜럼버스처럼 나도 언젠가 나의 신대륙을 발견하게 될 날을 기대하며.

새로운 곳을 향하기 위해 놓았던 것들이
먼 훗날 내가 정말 원하는 그곳으로 날 데려다주겠지?

외로움도 친구로

외롭지 않아

효도는 셀프

퇴사하기 전 엄마와 쇼핑을 할 때면 사내 브랜드 매장에서 직원 할인을 받곤 했었다. 그럴 때마다 엄마는 은근슬쩍 직원에게 내 자랑을 했고 덕분에 싸게 샀다며 뿌듯해했다. 하지만 할인은커녕 고정급여에 성과급도 없는 프리랜서로 사는 요즘엔 엄마에게 어울릴 만한 옷을 발견해도 선뜻 손이 가지 않고, 어쩌다 목돈이 들어와 쇼핑 가자고 할 때면 아빠와 엄만 늘 괜찮다고 말한다. 삼십 대 프리랜서 딸이 새로운 길을 걷느라 밤낮으로 넘어지며 벌었을 돈이란 생각에 그 돈이 마치 딸의 고생처럼 느껴지기 때문이다. 그런 모습을 볼 때면 부모님의 마음도, 집안의 상황도 알면서도 모른 척 나의 길을 가겠다고 고집하며 이 길을 걷는 것이 너무 이기적인 선택이었나 하는 생각과 안정적으로 '잘살고 있던' 내가 유일한 자랑이었을 부모님의 낙을 뺏은 것 같단 생각에 괜한 후회가 밀려온다. 그러다가도 이내 좋아하는 일을 하며 사는 것도 '특별한 효도'라고 위로하며 가족 카톡방에 하트를 들고 춤을 추는 이모티콘을 띄운다. 마음만큼은 용돈도 팍팍 드리면서 좋은 곳에도 모셔가고 싶지만 팍팍하기만 한 현실에 당분간 효도는 셀프로 부탁드리겠습니다. 영양제 챙겨 드시면서 조금만 더 기다려주세요. 조만간 1:1 맞춤 코스로 팍팍 효도할 테니.

28

노 일, 노 머 니

일하지 않는 자, 눕지도 마라.

-마감복음 365장 사계절-

인생을 살아갈 때도, 프리랜서에게도 유용한 덕목 중 하나는 '착한 사람을 구별하는 법'이다. 직장에선 공간을 공유하며, 대화를 나누며, 함께 업무를 진행하면서 상대의 성격과 성향을 파악할 수 있다. 그 때문에 나와 맞는 사람인지, 거리를 두어야 할 사람인지를 비교적 알기 쉽다. 하지만 대부분이 초면인 클라이언트는 한눈에 좀처럼 파악하기가 어렵다. 물론 우리가 살아온 경험을 바탕으로 체득한 '촉'이라는 기준이 있지만, 막상 작업에 집중하다 보면 그 '촉'마저 놓치게 되는 경우가 종종 생겨난다. 게다가 놓쳐버린 '촉'을 대신할 뾰족한 안목마저 없을 땐 프리랜서 초기 때 맛봤던 쓴맛을 되새기며 몇몇 부류의 사람들을 만날 때만큼은 주의를 하는 편이다. 그 리스트를 공유한다.

◇ 아는 사람

간혹 작업료를 상처로 받은 케이스를 주변에서 심심치 않게 보았기에 가장 조심하게 되는 사람들이다. 그간의 '친숙함'이 초면의 경계 구간을 프리패스로 통과하면서 벌어진다. 지인이라는, 풀어진 긴장의 끈 때문에 무방비 상태에서 무례한 상황에 놓일 때가 있다. 그럴 때면 동일인이 맞나 싶을 정도로 낯선 모습에 당황하지만 '그간의 정'을 들먹거리며 밀어붙이는 뻔뻔함에 없던 정마저 떨어지고 만다. 하지만 이 정도면 양반이다. '아는 사람'이라는 이유만으로 몇 년 만에 연락해놓곤 재능기부에 가까운 의뢰를 하는 사람들도 있다. 가끔 못이기는 척 작업을 해줄 때도 있지만 돌아오는 건 대부분 고마움보단 불평이었다. 그 때문이지 언제부턴가 바쁘다는 핑계를 대기 시작했다. 하지만 그럴 때면 마음 한쪽은 왠지 무거워지고 머릿속은 복잡해진다. 그래도 잊지 말자. 아는 사람이 더 무섭다는 말은 괜히 나오진 않았을 것이니.

◇ 아는 척하는 사람

한 번은 열 명이 넘는 담당자들의 의견을 맞추느라 진땀을 빼야 했던 작업이 있었다. 하지만 알고 보니 그렇게 아는 척하던 담당자들은 다름 아닌 클라이언트의 지인들이었고 난 적잖게 당황을 했었다. 어찌나 여러 사람이 아는 척을 하던지 무식이 용감이라면 업계의 광개토대왕이 따로 없었다. 아는 척을 하는 사람들은 대부분 어설픈 지식을 감추기 위해 화려한 수사를 써가며 말을 하거나 혹은 애매하게 한다. 때론 자신이 부족하지 않음을 증명이라도 하듯 다른 누군가를 깎아내릴 때도 있다. 이렇게 아는 척하는 사람들을 피해야 할 이유는 끝없는 아는 척에 수정작업도 끝없을지 모르기 때문이다. 어떨 땐 작업이 다 끝나갈 때쯤 전면수정을 요청하는 경우도 있다. 그럴 때면 나의 시간과 노력이 물거품이 되는 건 고사하고, 얼마 남지 않은 일정에 맞춰 다급히 수정하느라 작업은 엉망이 되고 만다. 남의 포토샵에 감 놔라 배 놔라 하며 척척 '박사' 행세를 하는 사람들에게 말해주고 싶다. 지금이라도 늦지 않았으니 미대 입시를 준비해 보는 건 어떻겠냐고.

◇ 과도하게 친절한 사람

브랜딩 디자인을 의뢰 받은 적이 있었다. 그때 이후로도 같은 업체와 몇 번의 협업을 했는데 작업 외에도 자신이 아는 다른 업체도 소개해주는 등 항상 친절하게 대해주었다. 약간 지나치다 싶을 친절에 의아하기도 했지만 '좋은 게 좋은 거'라며 성실한 작업으로 보답했다. 그런 친절함이 신뢰라는 걸 만든 걸까? 언제부턴가 은근슬쩍 요청해오는 '서비스' 작업에도 아무런 의심도 하지 않은 채 작업을 했다. 하지만 조금씩 연락이 뜸해지기 시작하더니 밀린 작업료를 뒤로한 채 연락이 끊겼다. 그러다 겨우 연락이 닿을 때면 이내 알겠다고 대답하곤 다시 연락을 끊어버려 속만 끓였다. 결국 나는 노동청에 신고했고 나의 작업료는 노동청의 친절한 직원을 통해 받을 수 있었다. 어릴 적 부모님이 친절하게 다가오는 낯선 사람을 따라가지 말라고 했던 말을 기억하자. 나의 작업료가 유괴될지도 모른다.

열 길 물속은 알아도 사람 속은 알 수 없듯 주의를 한다고 해도 여전히 착한 사람을 구별해 내기란 어렵다. 그렇게 겪어보고도 똥인지 된장인지 먹어봐야 알겠느냐고들 하지만 불행히도 가끔은 먹어봐야 알 때도 있으니 말이다. 이런 된장….

30

내려놓기

기대하고 갔던 맛집에서 생각보다 맛없는 음식에 실망하고 돌아왔거나, 호평 일색이었던 영화를 보러 갔다 혹평만 쏟아내며 영화관을 나와야 했거나, 인생 여행지라고 추천받아 놀러 갔던 곳에서 넘쳐나는 인파와 도를 넘은 상술에 후회하며 돌아온 적이 있다. 그럴 때면 괜히 아까운 시간과 돈만 버렸다는 생각에 울적해진다.

프리랜서를 막 시작했을 무렵 내 모습이 딱 그랬다. 누군가가 나를 알아보고 일을 줄 거라고 기대했지만 현실은 광고메일만 가득했던 메일함을 비우기 바빴고, 돈이 다가 아니라며 패기 넘치게 프리랜서를 결심했지만, 막상 초라한 통장 잔고를 확인할 때면 나도 초라해지는 것 같았다. 그래도 누군간 이런 마음을 알아줄 거라 기대했지만 돌아오는 건 오해와 실망뿐이었다.

내가 기대했던 나의 모습이 너무 컸던 건지 실망도 컸고 더디게만 흘러가는 것 같은 현실에 조급함이 밀려왔다. 이러다 괜히 아까운 인생만 흘려보내는 건 아닌가 하는 생각에 밤이 늦도록 잠들지 못했다. 매일 밤 나는 무엇을 기대했고 또 내려놓지 못했던 걸까.

전쟁이 나면 이고 지고 가던 물건들을 버려야 재빠르게 도망칠 수 있고 물에 빠졌을 땐 무거운 장신구와 옷들을 벗어버려야 헤엄을 칠 수 있듯 나도 앞으로 달려가기 위해선 내가 짊어지고 있던 것들을 내려놓아야 했다. 은연중 주변과 비교를 하는 모습이든, 남들로부터의 시선이든, 내가 바라던 모습을 향한 조급함이든 말이다.

하지만 짊어지는 건 그렇게 쉬웠으면서 내려놓는 건 왜 이리도 힘이 드는 걸까. 살이 찌는 건 쉬워도 빼는 건 어려운 것처럼 말이다. 그래도 건강한 마음으로 나의 길을 걸어가기 위해선 쓸데없는 기대와 걱정들로 쌓여 있을 마음에도 다이어트가 필요했다. 어른이 될수록 깨닫게 되는 것 중 하나가 있다면 무엇이 됐든 너무 큰 기대는 해롭다는 것이다.

내려놓기가 무섭게 또다시 쌓일 테지만, 쌓인 눈을 쓸어내야 미끄러지지 않고 길을 걸어갈 수 있듯 오늘 밤도 쓸데없는 기대와 걱정들을 마음에서 쓸어내 본다. 오늘보단 좀 더 가벼워졌을 내일의 나를 기대하며.

31

의외로 엄청난 위로

사물이 보이는 것보다 가까이 있음.

　몰아치듯 마감을 마치고 나면 몰골은 늘 초췌해져 있고 머리는 산발이다. 밤낮이 바뀐 탓에 깨어 있는 시간엔 왠지 모르게 꿈을 꾸는 것 같고, 밤이 되면 이런저런 생각에 몸을 뒤척거린다. 얼마 뒤 입금된 작업료를 확인하고 나면 쓸 생각은 미뤄둔 채 다음 달 생활비를 떠올리며 통장에 옮겨 놓는다. 좋아하는 일을 하며 살겠노라 다짐하며 꿈꾸던 사 년 전 내 모습이 지금의 모습이었던 것일까 생각하다 보면 왠지 모르게 힘이 쭉 빠질 때가 있다. 그런 나를 위로하기 위해 전시회를 감상하거나 영화를 보며 위안삼아 보지만 의외로 지나치던 일상에서 엄청난 위로들을 받을 때가 있다.

　식빵을 소분해 냉동실에 넣을 때.

　먹어보고 싶던 신상 과자를 1+1으로 득템 했을 때.

　그렇게 마트를 순회하며 사 온 음식들을 냉장고 안에 쟁여둘 때.

　완벽하게 분리된 재활용품들을 보았을 때.

　사각- 사각- 거리는 소리를 들으며 연필을 깎을 때.

무심코 들른 지하철 화장실에서 뼈 때리는 명언을 볼 때.

귀찮은 듯 무심하게 답장했는데 엄마의 다정한 메시지를 볼 때.

이럴 때면 마치 바위틈에 숨겨놓은 보물 쪽지처럼 이곳저곳 숨어있던 일상들이 서툴기만 한 나의 하루를 위로해주는 것만 같다. 어쩌면 우리에게 가장 큰 위로가 되어주는 것들은 생각보다 가까운 곳에 있을지도 모를 일이다.

32

바보들 이야기

단언컨대 내 주변엔 바보들이 많다. 바보인 것도 서러운데 성실하기까지 해 오늘도 억울하게 살아가고 있을 바보들 말이다. 힘들어도 캔디처럼 늘 생글생글 웃던 동기가 있다. 거절을 못 하는 병까지 앓고 있어 파티션너머 섬처럼 떠 있는 동기의 정수리를 발견했다면 최소 밤 열두 시였다. 다음 날 어김없이 출근한 뒤 동기와 커피를 수혈받기 위해 카페에 들렀다. 동기는 다섯 번의 샷 추가를 했다. 그리곤 아무 맛도 나지 않는다며 원두 탓을 했다. 그런 동기에게 우린 '독한 것'이라고 놀려댔다. 그리고 얼마 후, 극심한 스트레스로 동기가 미각을 잃었다는 걸 알게 됐다. 왕을 쓰러지게 했던 음식을 찾다 미각을 잃어야 했던 장금이도 아닌데 동기의 미각은 무엇 때문에 잃어야만 했던 걸까. 아마도 그건 밤낮없이 맛봐야 했던 인생의 쓴맛 때문이 아니었을까?

같은 과를 졸업한 뒤 회사 동기로 재회했던 또 다른 친구는 그 어떤 불성실함도 찾을 수 없던 순도 100%의 노예였다. 끝없는 야근에 망부석이 따로 없던 친구는 그날도 홀로 남아 쌓인 업무를 하고 있었다. 꽉 조이는 청바지 탓에 다리는 저릴 대로 저려 왔고 그러던 중 선물로 들어온 떡상자를 발견하게 되었다. 그리곤 그 떡상자를 감싸고 있던 보자기를 풀러 치마처럼 두른 채 청바지를 벗고 야근을 이어나갔다. 다행히 모두가 퇴근한 뒤라 사무실엔 아무도 없었지만, 다시 청바지를 입을 자신이 없던 친구는 그 모습으로 주차장까지 걸어가 운전을 한 뒤 집에 돌아왔다고 했다. 그날 새벽, 황금색 치마를 입고 회사 앞 횡단보도를 건너고 있던 사람을 보았다면 분명 내 친구였을 것이다. 이직한 지금은 종일 조여오던 청바지에서 벗어나게 되었지만, 청바지만큼이나 숨통을 조이는 상사를 만나게 돼 오늘도 또 다른 보자기를 찾고 있다고 한다.

야근의 동반자였던 한 팀장님은 여리여리한 체구와는 다르게 (미련) 곰탱이였다. 그러던 어느 날 오래전 수술한 곳이 재발해 재수술을 받게 되었다. 업무 일정을 걱정하며 오전에 수술을 마친 그 팀장님은 오후에 출근했다. 왜 그랬는지 지금도 이해할 수 없다고 하지만 당시 쌓여 있는 업무들은 그 이해를 뛰어넘기 충분했다. 마취가 풀리면서 타는 듯한 고통이 목덜미까지 올라왔지만 이놈의 일이 뭔지, 허울뿐인 직급이 뭔지, 내 인생은 책임져주지 않을 책임감이 뭔지. 진땀을 흘리며 고통 속에서 하루를 보내야만 했다.

이 외에도 내 곁엔 그때나, 지금이나 수많은 바보가 있다. 하지만 바보들 사이에서도 알아주는 바보였던 난 좀처럼 고쳐지지 않는 이 바보 병을 여유로운 아침 산책과 저녁이 있는 삶으로 치료하고 있다. 이러다가도 마감 앞에선 어김없이 재발한다는 게 문제지만.

33

다신 없을 체육대회

내가 다녔던 회사에는 문화 행사가 많았다. 그중 가장 큰 행사는 여름에 열리는 체육대회다. 입사 첫해, 체육대회를 하기 전 연습을 한다는 소식에 직원들의 사기충전을 위한 운동회 정도로만 생각하며 연습 장소에 갔다. 하지만 생각과는 다르게 「출발 드림팀」에서나 볼 법한 기구들로 연습을 하던 모습은 상상을 초월했던 업무량만큼이나 믿을 수 없던 풍경이었다. 마우스를 잡아야 할 손엔 응원 수술이 들려 있었고 현란한 응원 동작을 암기하며 오전 시간을 보내다 점심을 먹고 회사로 돌아와 업무를 했다. 누가 봐도 체육인의 모습이 보이지 않았던 나는 다행히 응원 연습만 하고 돌아올 수 있었지만, 선수로 뽑힌 직원들은 오후 시간까지 연습해야 했다.

때론 무리한 연습으로 병원 신세를 지는 직원들도 있었다. 이런 모습을 보며 이 정도면 사기충전이 아니라 사기방전이 아닐까 하는 생각마저 들었다. 매일 이어지는 연습과 무더운 날씨, 밀린 업무로 불평의 나날이 계속되다 그렇게 한 달 남짓을 연습하고 나니 체육대회가 열렸다. 뭐가 뭔지도 모른 채 무작정 외웠던 동작들은 응원전이 펼쳐지면서 멀리서 보았을 때 한 마리 독수리가 되어 날아오르거나 용맹한 호랑이가 되어 달리고 있었다. 유치원 재롱잔치 때도 안 입었을 응원복을 입고 응원하는 내 모습이 믿기 힘들었지만 경기가 계속될수록 묘한 감정이 올라오기 시작했다. 각을 맞춰 응원하는 건 물론이거니와 경기 중 우리 팀이 앞지르기라도 하면 비명에 가까운 함성을 질러댔다. 다시 올 것만 같지 않았던 2002년 월드컵이 바로 그곳에 있었다. 모든 경기가 끝나자 전 직원이 아래쪽 코트에 내려와 기차처럼 어깨를 잡고 노래에 맞춰 기차놀이를 했다. 그토록 불평하며 귀찮아했던 난 묘한 뿌듯함에 취해 그들과 같이 노래를 부르며 행진을 하고 있었다.

지금은 응원은커녕 동네 산책도 버거워 하며 지내고 있지만 무더운 여름이 돌아올 때면 가끔씩 그때가 떠오른다. 사기충전을 위해 달려야만 했던 체육대회. 이젠 추억이 된 그날을 생각하며 오늘 밤 생라면과 함께 밀린 드라마를 달려본다. 이게 진짜 사기충전이지!

이걸로 사기가 충전된다니…

사기 아니냐?

34

어른이 되어보니

술에 취해 집에 들어올 때면 까끌까끌한 수염을 비비며 우리를 깨우던 아빠를, 그런 우리에게 하고 싶은 일을 하라며 푸념 아닌 푸념을 하던 아빠를, 다음 날 어김없이 현실로 돌아갈 때면 어린 우리를 바라보다 문밖을 나서던 아빠를.

몸이 열 개라도 부족할 하루에 불같이 화를 내다가도 미안해하며 밥상을 차리던 엄마를, 그런 밥상을 뒤로하고 퉁퉁 불어터진 라면과 식은 밥을 먹었던 엄마를, '여자의 삶'은 없던 '엄마의 삶'이었지만 그럼에도 불구하고 '엄마의 삶'을 살아 낸 엄마를.

어른이 되어보니 이제 조금은 알 것 같다.

아빠와 엄마도 그렇게 어른이 되었던 걸까?

또라이 질량 보존의 법칙

◇ 상담은 의사에게

직원을 개인 카운셀러 내지 정신의학과 담당의로 여기는 상사들이 있다. 그런 상사들을 볼 때면 마치 징징거리기 위해 신입사원을 뽑고, 징징거리기 위해 출근을 하며, 징징거리는 것이 주 업무인 것만 같다. 신경쇠약증 환자이자 신경과민증 환자의⋯ 아니, 상사의 앓는 소리를 듣다 보면 감정 쓰레기통이 되는 것은 물론이거니와 늦은 밤까지 밀린 업무를 하느라 끙끙 앓아야 한다.

#쓰레기는쓰레기통에 #약은약사에게

◇ 꼰대 무능력자

무능력도 능력이라면 슈퍼맨을 가뿐히 뛰어넘는 상사도 있다. 뛰어나고 잘난 사람보다 약간 무능한 사람이 회사에 오래 살아남는다는 말처럼 이런 상사들은 오늘도 불사의 슈퍼맨이 되어 회사 곳곳을 날아다니고 있다. 게다가 나이가 능력이라도 되듯 자신의 무능력함을 '나 때는~'으로 채울 때면 전쟁을 겪으셨던 1923년생

친할아버지를 회사로 모시고 싶을 지경이다. 초능력이나 다름없을 무능력 덕분에 직원들이 야근이 무색할 정도로 팀 실적은 바닥을 면치 못하니. 능력 하나는 인정.

#슈퍼맨이돌아왔다 #초능력자

◇ 오늘도 오리발

기억 주머니가 작은 건지, 새로 산 오리발을 자랑하고 싶은 건지. 회의마다 "난 그런 말 한 적 없는데?"로 일관하며 내미는 오리발에 실수쟁이는 물론 거짓말쟁이로까지 몰릴 때면 사표와 함께 오리발도, 상사도 던져버리고만 싶다. 그 순간만큼은 시민의 안전을 위해 설치된 CCTV처럼 무고한 직원들을 위할 CCTV가 간절해진다. 적어도 허언증에 가까운 이 오리발로부터 내 멘탈이 걷어차이진 않을 테니 말이다.

#오리발은수영장에서만 #레드썬

◇ 아무 때나 콜

편의점도 아닌데 이십사 시간 자기가 필요할 때마다 연락하는 상사들이 있다. 새벽이든, 주말이든, 휴가 때든 매일 매 순간이 월요일 아침 아홉 시인 이 유형의 상사들은 새벽 두 시에도 재난 문자마냥 벨 소리를 울려대거나 메시지를 보내온다. 내 꿀잠을 흔든 뒤 미세먼지보다 더 숨통을 죄며 수정을 쏟아내 스트레스에 침수된 내 멘탈을 보면 어쩌면 재난 문자가 맞을지도 모르겠다. 그럴 때면 조용히 비행 모드로 대피해본다.

#재난문자맞음 #상사차단모드시급함

◇ 가만히 있으면 반의반의반이라도 간다

불행히도 또라이들은 부지런하며, 뭔가 시작한 또라이는 절대 가만히 있지 않는다. 아는 거라곤 퇴근 시간이 전부인 이 유형의 상사들은 온갖 아는 척, 팀원들을 위하는 척을 하며 끊임없이 움직인다. 가만히 있는 게 가장 많이 도와주는 거라는 걸 알 리가 없는 상사들 덕분에 오늘도 프로젝트는 반의반은커녕 출발도 못 하고 있다. 제대로 알지도 못하는 선또라이가 사람도 잡고 퇴근의 발목도 잡는다.

#그럼니가해봐 #사람잡는상사

◇ 인간 번갯불

번갯불 같은 상사는 어린아이와도 같다. 생각나는 대로 행동하되 책임은 뒷전이며, 생각한 대로 진행되지 않으면 회의 내내 보란 듯 딴짓을 하며 떼를 쓴다. 게다가 성미는 얼마나 급한지. 오른손에 들려 있는 일을 건넴과 동시에 결과를 보고하라며 왼손을 내밀고 서 있다. 밀폐된 사무실에서 뿜어대는 번갯불 상사 때문에 두통과 메슥거림이 올라온다면 퇴사 욕구에 노출된 것이 분명하다.

#미운네짤부장님 #손모가지를확

◇ 노양심

양심까지 털이 난 것 같은 상사들이 있다. 이런 설인 같은 상사들은 오늘도 직급의 고지대를 떠돌며 직원들을 위협한다. 뿌려놓은 노양심의 결과들을 거둘 땐 그 화살을 직원들에게 돌리는 건 기본이고 그 와중에도 더 높은 지대를 향해 기어코 손을 뻗는다. 옳고 그름은 물론, 부끄러움도 모른 채 불륜, 사기, 횡령 등 갖은 악행을 떠는 모습을 볼 때면 선과 악을 알게 해준다는 선악과를 주문하고 싶다. 사과 한 짝으로 될진 모르겠지만.

#신고는112 #감사팀뭐하니

◇ 말귀 못 알아듣는 사오정

JPG를 요청할 땐 AI 파일을 주고, PSD 파일을 요청할 땐 JPG를 건네는 사오정 유형의 상사들이 있다. 시간이 촉박할 때 더 빛을 발하는 탓에 마감 시간과 싸울 때면 터진 입에서 나오는 속 터지는 말들과도 싸워야만 한다. 어이없는 표정을 숨기며 진지하게 되묻는 내게 웃기지 말라며 웃어대는 상사의 어두운 말귀 덕에 오늘도 팀내 분위기는 어둡기만 하다. 동트기 전이 제일 어둡다는데 말귀 트기 전인 지금은 대체 얼마나 어두운 걸까….

#터지는건만두만으로족해 #말을말자

◇ 명예욕과 무책임의 환상 콜라보레이션

가난이 대문으로 들어오면 사랑이 창문으로 나가듯, 명예가 사무실 문으로 들어오면 아무래도 책임이 회사 로비 자동문으로 나가는 것 같다. 권위를 앞세워 무분별하게 프로젝트를 진행해놓고 막상 책임을 져야 할 땐 직원들을 앞세우니 희생은 늘 우리들의 몫이다. 끝날 때까지 끝나지 않을 이 환상의 콜라보레이션을 바꿀 길이 없어 오늘도 새벽 야근을 하느라 주야가 바뀔 뿐이다. 책임도 빠져나가지 못하게 회사 로비 문을 수동문으로 바꾸든지 해야지. 원.

#회사문에엑티브엑스깔아라 #야근러는웁니다

◇ 1~9번의 총집합

두말할 것 없이 도망치자.

똥이 더러워서 피한다고들 하지만 가끔은 상상을 초월할 사이즈에 무서워 피해야만 할 때도 있다. 불행히도 이 또라이들의 질량은 보존되며 또 불변하기에 회사 때만이 아니라 프리랜서가 된 지금도 심심치 않게 만나고 있다. 그저 우리가 할 일이라곤 야근을 할 때나, 마감을 할 때나 이 또라이에게 물려가지 않게 정신을 반짝 차리는 것뿐이다. 호랑이는 죽어서 가죽을 남기지만, 또라이는 죽기도 전에 가죽만 남게 할 수 있으니.

#RUN #진짜도망쳐

금팔찌보단 손목 보호대

오른손잡이 그림쟁이의 왼손으로 산다는 건 집안의 기대를 한몸에 받는 형에게 가려진 천둥벌거숭이 동생과도 같다. 혹시나 다치기라도 할까 봐 무거운 짐을 드는 것도, 펜을 쥔 모양대로 휘어버린 새끼손가락을 연신 주무르는 것도 왼손의 몫이다.

그렇게 살던 왼손이 얼마 전 탈이 났다. 차별은 싫다면서 나도 모르게 하고 있던 차별을 참아내다 인내심이 터진 모양이다. 주사를 맞고 약봉지를 챙겨 돌아오자마자 손목 보호대를 주문했다. 그런 왼손엔 미안하지만 그렇다고 오른손이 온실 속 화초처럼 사는 것은 아니다. 맏이의 무게를 짊어진 오른손은 밤낮으로 손목을 움켜잡으며 선 하나라도 더 그려야 하고, 채색 하나라도 더 끝내야 한다. 이런 오른손의 꿈은 아마도 왼손잡이 그림쟁이의 오른손일지 모르겠다.

가진 게 두 손이 전부인 내가 할 일이라고는 좋아하는 일을 영원히 함께할 유일한 동반자인 양손을 위해 매일 찜질과 마사지를 하는 것이다. 사대보험은커녕 지금껏 네일아트 한 번을 받지 못하고 밤낮으로 혹사하고 있는 나의 손가락과 손목을 위해 아무리 귀찮더라도 일부러 시간을 내 꾸준히 관리하고 있다. 일이 몰아치면 결국 흐지부지될 거라 생각하겠지만, 정말이다.

꼬박꼬박 잊지 않고 할 것에 내 손목을 건다.

4장

언젠가는 여행했습니다만

여행 준비물

이 정도로 준비하면 석 달 여행도 OK.

중2병보다 무서운 여행병

때때로 손에서 일을 놓고 휴식을 취해야 한다.
쉼 없이 일에만 파묻혀 있으면 판단력을 잃기 때문이다.
- 레오나르도 다빈치

레오나르도 다빈치
(1452~1519)

하지만 레오나르도 다빈치는 몰랐겠지.

판단력을 잃어야 비행기 티켓팅을 할 수 있다는 것을.

환승의 압박

줄을 잘 서야 성공하는 건 어디든 똑같구나.

여행 전 경비를 점검하다 보면 만약을 대비한 여윳돈이 필수다. 총 금액은 거의 정해져 있으니 여윳돈을 남기기 위해 어디서 경비를 줄여야 할지 고민하게 된다. 그러다 보면 어김없이 환승 티켓부터 눈에 들어온다. 당연히 비싼 티켓으로 목적지까지 한 번에 날아가는 게 최고겠지만 경우에 따라 환승을 하면 티켓값이 절반까지도 떨어지니 잠깐의 고생이 대수랴. 심지어 환승 지역이 가보고 싶던 곳이거나 매력적인 도시라면 스톱오버까지도 꿈꿔본다. 그렇게 스물두 시간 반이라는 밑도 끝도 없는 비행이 시작된다. 하루 가까이 앉아 기내식에 사육당하고 나면 속은 더부룩하고 몰골은 출발 때와는 다르게 꼬질꼬질해져 있다. 환승지에 도착하자마자 미리 챙겨 둔 칫솔과 치약을 꺼내 공항 화장실에서 양치라도 해보지만, 개기름에 점령당한 얼굴과 떡진 머리는 손 쓸 방도가 없다. 공항 이곳저곳을 구경하려던 계획과는 다르게 환승 게이트가 열릴 때까지 돼지코 곁에서 휴대폰을 충전하며 가족들에게 생존 신고를 한다. 노숙자인지 여행자인지 모를 만큼 초췌한 몰골로 피곤함을 대기시간을 보낸 뒤 환승 게이트가 열린다. 조금 고생스러워도 이렇게 환승을 했다면 그나마 다행이다.

항공 티켓은 저렴할수록 환승 시간이 짧다. 그럴 땐 피곤함을 달랠 틈도 없이 비행기에서 내리자마자 환승 게이트로 미친 듯이 달려야 한다. 하지만 피난길처럼 끝없이 줄지어 있는 환승 줄을 보는 순간 가슴이 철렁 내려앉는다. 도무지 줄어들 기미가 보이지 않을 땐 입은 바짝 말라오고 식은땀마저 흐른다. 중간에 연착이나 다른 문제라도 생기면 환승 시간은 점점 더 짧아진다. 그럴 때면 내 수명도 짧아지는 것 같다. 성공하려면 줄을 잘 서야 한다더니 예외가 없다.

우여곡절 끝에 목적지 공항에 내리면 잘 도착했다는 생각에 고단했던 환승이 조금씩 잊힌다. 환승으로 절약한 경비를 기념품이나 맛있는 음식들로 채우고 나면 환승하길 잘했다는 생각마저 든다. 그렇게 여행을 마치고 돌아올 때 다시 환승을 하게 되면서 잊고 있던 고생이 올라와 나도 모르게 '내가 미쳤지'라는 소리가 절로 나온다.

이번이 마지막이라고 다짐하며 귀국하지만 또 티켓팅을 할 때면 어김없이 항공사 앱을 저가 순으로 정렬한 뒤 스크롤을 내리는 나를 보게 된다. 어쩔 수 없다. 환승의 압박보단 통장 잔고의 압박이 더 심하니까.

당찬 계획

여행지에선 시간이 금이다. 그래서 가야 할 곳은 간략하게라도 미리 적어 놓는 게 좋다. 특정 요일엔 미술관이나 박물관에 무료로 입장할 수 있고, 예매하면 할인된 가격에 공연도 볼 수 있거나 저렴한 가격으로 기차를 탈 수 있기 때문이다. 시간은 물론 여행 경비도 꽤 절약할 수 있어 인생 계획은 세우지 않더라도 여행 계획만큼은 세워가는 편이다. 하지만 사람의 욕심은 끝이 없는 법. 가뜩이나 계획 마니아인 나는 '또 언제 와보겠나' 하는 생각에 점점 더 구체적으로 계획을 짠다. 주로 장기 여행을 하기 때문에 하루 동안 많은 곳을 들르진 않지만 알차게 여행을 하고 싶단 생각에 가야 할 곳 혹은 해야 할 일들을 날짜별로 적어본다. 빼곡하게 적힌 계획표를 보고 있으면 '성공적인 여행'으로 합격시키려는 입시 코디네이터가 따로 없다.

계획대로 돌아다닌 날이면 숙소 침대에 누워 완료된 것들을 체크한다. 백 점 맞은 시험지같이 채점된 일정을 보고 있으면 여행을 잘하고 있는 것 같단 생각에 괜히 뿌듯하다.

하지만 인생이나 여행이나 변수는 늘 존재하는 것. 예상할 수 없는 날씨와 예상했던 나의 게으름 탓에 계획은 틀어지기 일쑤다. 다음 날이면 틀어진 일정에 맞춰 계획을 수정한다. 현실 가능한 최소한의 계획을 세운 뒤 '이 정돈 할 수 있겠지?'라고 생각하며 믿을 거라곤 튼튼한 두 다리뿐인 현실에 발바닥을 주물러본다. 그럴 때면 발바닥은 내게 이렇게 말하는 것 같다.

"전적으로 저를 믿으셔야 합니다."

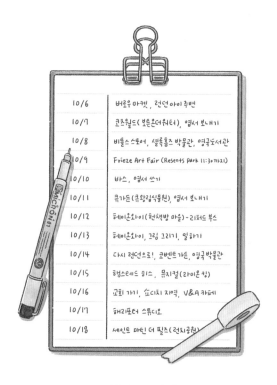

10/6	버로우 마켓, 런던아이 주변
10/7	코츠월드 (보튼온더워터), 엽서 보내기
10/8	비틀스 스토어, 셜록홈즈 박물관, 영국도서관
10/9	Frieze Art Fair (Resents park 11:30까지)
10/10	바스, 엽서 쓰기
10/11	큐가든 (큐왕립식물원), 엽서 보내기
10/12	헤이온와이 (헌책방 마을) - 리처드 부스
10/13	헤이온와이, 그림 그리기, 일하기
10/14	다시 런던으로!, 코벤트 가든, 영국박물관
10/15	햄스테드 히스, 뮤지컬 (라이온 킹)
10/16	교회 가기, 쇼디치 지역, V&A 카페
10/17	해리포터 스튜디오
10/18	세인트 마틴 더 필즈 (런치공연)

다 할 수… 있겠지?

5

살다 보니 영국에 두 번 오네

어느 도시든 도착하자마자 제일 먼저 만나는 곳은 공항이다. 공항에 나라별 특색이 있겠나 싶겠지만 의외로 공항만의 매력이 있다. 물론 오랜 비행으로 피곤했을 몸을 얼른 침대에 눕히고 싶단 생각에 부랴부랴 숙소로 이동하기 바쁘지만 여행지의 첫인상과도 같은 공항의 기억은 특별하다. 아랍에미리트의 아부다비공항은 아랍 특유의 향신료 향이 공항을 가득 채우고 있었다. 기내식에서 맡았던 냄새를 공항에서도 맡다니. 역시 향신료의 나라다웠다.

영국 히스로공항은 많은 사람으로 북적였다. 인도의 영향 때문인지 아부다비공항에서 맡았던 향과 비슷한 냄새를 맡을 때도 있었다. 유통 강국답게 이런저런 상품들도 많았고 문학의 나라답게 각종 소설 속 주인공들이 매대에 마중 나와 나를 반기는 듯했다. 아무 카페에 앉아 스콘과 홍차를 먹을 때면 그제야 영국에 온 게 실감이 난다.

독일에선 베를린 테겔공항이 기억에 남는데, 이곳은 군사 목적으로 세워졌지만 제2차 세계대전이 끝난 후, 소련이 서베를린을 봉

쇄하자 당시 테겔 지역을 관할하던 프랑스가 각종 물자를 수송하기 위해 공항을 정비하면서 이용하기 시작했다. 반복되는 예산과 신공항 계획 문제로 중구난방으로 확장되며 오늘날까지 이어졌는데 이 때문인지 자칫 길을 잃기가 쉽다. 면세점도 게이트별로 나뉘어 있어 한쪽 벽면을 채운 물건들은 면세점이라기보단 자판기에 가깝다고 느껴질 정도다.

덴마크 코펜하겐공항은 장신의 나라답게 190cm의 승무원들을 구경하느라 바빴던 기억이 난다. 암스테르담 스키폴공항은 튤립의 천국이었다. 환승 때까지 튤립을 감상하며 마실 음료를 주문하러 간 카페에서 사건은 터졌다. 동료 직원과 잡담을 떠느라 제대로 전달되지 못한 나의 주문은 다른 메뉴가 되어 나왔고 나는 이내 가져다주며 주문이 잘못 나온 것 같다고 말했다. 직원은 못마땅하단 표정으로 나를 흘겨보더니 뺏듯이 음료를 집어 들곤 들으라는 듯 큰소리로 화를 내기 시작했다. 옆에 있던 직원은 그 음료를 마시더니 '맛만 있구만'하는 표정으로 나를 바라봤다. 주문이 잘못됐다고 말했을 뿐인데 졸지에 까탈스러운 아시아인이 되어버린 난 순간 불쾌해졌다. 늘 좋은 사람만 만날 순 없다는 걸 알면서도 불쾌함에 한참을 우울해하다 한국에선 좀처럼 보기 힘든 모델핏의 현지인들을 보며 위안했다.

이런 내게 옆에 있던 여행객은 어디서 왔냐며 물어왔다. 한국에서 왔다는 대답을 하고 돌아서는데 잠깐, 설마 내가 우리나라의 첫인상이 되진 않겠지? 이럴 줄 알았으면 세수라도 할 걸 그랬네.

6

바디랭귀지와 콩글리시 사이

독일어도 잘 못하면서 독일로 장기 여행을 세 번이나 다녀온 내가 아는 단어라곤 여전히 '구텐 탁, 구텐 모르겐, 아디다스'가 전부였다. 이런 내게 누군가 'ya야'가 'yes', 'ein아인'이 '1'이라고 알려준 날이었다. 자고로 배움은 써먹어야 빛을 발하는 법, 카페에 들어가 당당히 "아메리카노 아인!"이라고 외쳤다. 여행자인 줄 알았던 내가 독일어로 주문을 하니 직원은 독일어를 쏟아내며 주문을 받았다. 가는 말이 독일어면 오는 말도 독일어일 거라곤 생각도 못 했다. 예상과는 다른 전개에 당황한 나는 연실 "ya야"만 외쳤고, 분명 스몰 사이즈를 주문했던 난 라지를 넘어 점보 사이즈의 아메리카노를 받아들어야 했다.

그뿐인가. 호스텔에서 빨래를 하기 위해 세탁 카드를 구입하고 급한 마음에 세제는 어디 있냐는 말을 "웨얼 이즈 더 버블 버블?"이라고 말해버렸다. 할 수만 있다면 그대로 물거품이 돼버리고 싶었다. 다행히 센스만점 직원은 알아듣곤 세제는 포함돼 있다고 대답했지만 창피함에 한동안 세탁실에서 나오지 못했다.

비교적 독일과 가까워서였을까? 덴마크 호스텔엔 독일인이 많았다. 같은 방에 묵었던 한 독일인은 항공사 직원으로 내게 친절했다. 행여 내가 못 알아들을까 봐 천천히 쉬운 영어를 하며 대화를 이어나갔다. 작업만 하던 내 노트북에 커다랗게 번역기를 띄워 어설픈 대화를 이어 나가던 중 독일인은 내게 직업을 물었다.

"일러스트레이터, 디자이너, 썸타임즈 롸이터, 썸타임즈 드로잉 티처…"라는 대답에 내가 만화가인줄 알았는지 "애니메이션?"이라고 물었다. 순간 나도 모르게, "노노, 사보 사보^{사보 일러스트}"라고 말하곤 스스로 어이가 없어서 웃음이 터졌다. 사보 만화를 그린다는 얘길 저렇게 해버렸다니. 옆에서 우리의 대화를 듣던 프랑스 친구는 그 말을 듣더니 "사봉? 사봉?"이란다.

이 대화는 대체 어디로 가는 걸까. 가족오락관도 아니고. 그렇게 고요 속에 외침처럼 많은 의문문만 남긴 채 대화는 서둘러 종료됐다. 가까워지기 위해 대화가 필요했지만 가까워지기엔 너무 먼 우리였다.

야.. 이게 아인데..

독일어 폭격 속에서 외친 어설픈 주문이
점보 사이즈가 되어 돌아왔다.

7

여행 같은 소리하고 있네

여행을 앞두고 노트북과 태블릿을 챙긴다는 것은 이번 여행이 아무 생각 없이 즐길 수만은 없단 뜻이기도 하다. 아침에는 행여나 누가 훔쳐 가진 않을까 전전긍긍하며 돌아다니고 저녁에는 호스텔 로비에서 속 터지게 터지지 않는 와이파이를 원망하며 작업한다. 내일까지 수정 시안을 보내 달라는 클라이언트의 요청이 올 때면 12인실 혼숙방 안 공용 테이블에 앉아 급하게 노트북을 켠다.

하지만 이런 내 마음을 아는지 모르는지 경운기처럼 코를 골아 대는 사람들 때문에 작업에 집중이 잘 안 된다. 별 도리 없이 무거운 노트북과 태블릿을 챙겨 1층 로비로 내려간다. 로비에 앉아 작업하다 보면 온갖 시선이 느껴진다. 노트북 화면에 비친 사람과 눈이 마주칠 때면 머쓱하다 못해 창피함이 밀려온다. 그런 내가 대단한 아티스트쯤으로 보였는지 SNS 아이디를 물으며 메시지를 보내온 여행자도 있었다.

어떤 날은 만화를 그리고 있다고 추측하곤 당연히(?) 일본인으로 생각했는지 '애니메이션 작가'냐고 물어왔다. 그렇게 하나둘씩 질문을 하던 유럽 덕후들은 삽시간에 나를 에워쌌다. 본의 아니게 덕후들의 뮤즈가 된 게 부담스러워 로비 구석에 쭈그려 앉아 작업을 이어나갔다. 최대한 존재감을 감추며 작업을 하던 중 어느 순간 한국 노래가 흘러나왔다. 매일 밤 작업하는 내가 딱해 보였는지, 아니면 꽤 프로페셔널해 보였는지 호스텔 직원은 그런 나를 위해 연일 K-POP을 틀어주었다.

체크아웃을 한 날, 한 직원이 내 직업을 물었다. 딱 봐도 서른 명은 더 돼 보였던 로비에서 단 한 명의 노마드 한국인을 위해 신경을 써 준 게 고마웠지만 이로써 존재감을 감추려던 나의 작전은 실패했다. 한국에서도 안 듣던 노래를 덴마크에서 귀에 못이 박이게 듣다 방으로 올라가면 새벽 두 시가 훌쩍 넘었다.

욜로 만나러 왔다 과로부터 만나는 건 아니겠지?

다양한 여행자들이 오가는 로비에서

자리 잡고 앉아 일한다.

조금 눈치가 보이지만, 에라이 모르겠다!

마감이 먼저니까!

─ **내가 좋아하는 것** ─

8

혼자 여행자에게 곤란한 것

혼자 여행을 하게 되면 좋은 순간과 곤란한 순간이 동시에 온다. 혼자이기에 먹고 싶은 곳에서 메뉴를 마음껏 고를 수 있지만, 동시에 많아야 한두 개 메뉴만 맛볼 수 있다는 점이 아쉽다. 유명한 피자집에서 스파게티를 먹어야만 하는 슬픔을 아는지. 아쉬운 마음에 연실 메뉴판을 들춰보지만 건초더미같이 수북한 스파게티부터 돼지런히 먹어보기로 한다. 추천 음식을 다 담기엔 부족한 내 위장을 탓하는 수밖에. 다음 식사 땐 더 위대한 여행자가 되어보기로 결의를 다진다.

커피숍에서 사람들을 구경하며 여유롭게 낙서를 하다가도 배에서 꾸르륵 신호가 오면 혼돈에 빠진다. 가방과 짐들을 놓고 가자니 마음이 불안하고 다 들고 가자니 언제 다 꾸리나 싶다. 이제 막 받아든 커피를 보며 들고 가야 할지, 다시 새로 시켜야 할지를 고민하다가 화장실이 유료란 말에 일단 참은 적도 있다.

안전을 위해 로맨틱한 야경을 포기해야 할 때도 있다. 동양 여성이 혼자 떠난 여행지에서 밤늦게 야경을 보러 가는 길은 생각만큼 로맨틱하지 않기 때문이다. 반짝거리는 야경 불빛을 발견하기 전에 비틀거리는 취객부터 발견하게 될지도 모르니까. 그래서 꼭 야경을 봐야 할 여행지를 갈 때면 투어를 신청하거나 아예 높은 건물에 숙소를 잡는다.

함께 맥주를 먹으러 가자는 사람들을 만나게 될 때도 있다. 숙소에서 만난 친구라면 숙소 내부에 있는 펍에서 마시면 되지만, 저녁 무렵 길에서 만난 사람들이라면 얘기가 달라진다. 그럴 때면 난 없는 친구를 만들어 다른 약속이 있다며 뻔한 거짓말을 한다. 이런 나의 여행이 재미없다고 여길지 모르겠지만 혼자 떠난 여행에서 재미만 찾다간 '안전하고 즐거운 여행'을 보장하기 어렵다.

혼자이기에 정신없는 여행의 변수 앞에서도 정신 줄을 꼭 붙잡아야 하고, 더 많은 음식을 먹기 위해 부지런히 걸어야 하지만 그래도 혼자만이 느낄 수 있는 여행의 매력에 다시 계획을 세워본다.

9

친구를 사귀는 주문

호스텔에서 머물다 보면 하루가 멀다 하고 새 친구들을 만난다. 그럴 때면 인사와도 같은 "Where are you from?"으로 어색한 분위기를 풀어본다. 만국 공용어인 바디랭귀지와 적당한 눈치를 곁들이면 자연스럽게 이런저런 이야기까지 나누게 된다.

시카고에서 여행 온 친구는 같은 대학교 퀸카를 짝사랑하고 있는데 그런 그는 여행 중 모은 엽서를 시카고로 돌아가 그녀에게 선물로 주며 고백할 거라고 자랑했다. 그 방법이 통할진 모르겠지만 응원하는 마음에 엽서 한구석에 작은 낙서를 그린 뒤 한글 몇 자를 적어주었다. 그러자 나머지 엽서에도 그림을 그려줄 수 있냐고 물어왔고 짝사랑이 이루어지길 바라는 마음에 흔쾌히 수락했다. 그렇게 나는 열한 장의 엽서에 그림과 한글을 그렸다. 이것은 러브 레터인가, 외주인가. 열심히 그리고 있는 내게 그는 그녀의 사진을 보여주었다. 아만다 사이프리드를 닮은 그녀를 보니 왠지 모르게 슬픈 예감이 들었다. 그날 이후 짝사랑이 이루어졌다면 나의 응원이 조금이나마 도움이 됐을지 싶다.

미국 깡촌에서 왔다던 한 무리의 친구들은 고등학교 졸업 후 우정 여행 중이라고 했다. 매일 밤 쫑알쫑알 일과를 얘기하며 호스텔 분위기를 밝혀주는 모습이 귀여워 떠나는 날을 물어본 뒤 깜짝 선물로 줄 그림을 준비했다. 하지만 다음 날 눈을 뜨자 그들은 사라졌다. 일정이 바뀌었는지 체크아웃을 한 것이다. 다행히 전날 SNS 아이디를 교환했던 터라 아쉬운 마음에 메시지를 보냈더니 주소를 보내주었다. 한국에 돌아오자마자 보낸 엽서가 잘 도착했을진 모르겠지만 무소식이 희소식이길 바랄 뿐이다.

호주에서 온 친구는 어마무시한 덩치의 미식축구 선수였다. 덩치만큼 술부심도 엄청난 친구였다. 대화를 나누던 중 호주 친구의 제안으로 같은 방 사람들과 맥주를 마시러 나갔다. 짧은 영어로 대화를 이어가던 중 뜬금없이 시작된 '세금 토론'에 나는 조용히 맥주만 마셔야 했다. 생존 영어 전공자인 내겐 '세금'이 문제가 아니라 아무것도 들리지 않던 '지금'이 더 문제였으니까.

이젠 추억이 된 이 모든 대화가 "Where are you from?"으로 시작됐다는 게 조금은 촌스러워 보일 수 있지만, 십 년 전이나 지금이나 친구를 사귀기에 이만한 주문도 없어 새 친구를 만날 때면 어김없이 주문을 외운다.

"Where are you from?"

10

떡볶이 금단현상

외국에 나갈 때 한식을 가져가지 않는다. 챙겨봤자 컵라면 하나 정도? 사실 이것도 무사히 다녀오라며 지인이 건넨 비상식량일 때가 대부분이다. '어차피 돌아오면 죽을 때까지 한식만 먹을 텐데'라는 생각이 들어 메뉴 선정에 줄줄이 실패하더라도 현지 음식만 먹는다. 하지만 보름이 넘어가면 이상할 정도로 '떡볶이'가 먹고 싶어진다.

엄마가 해준 밥이 나의 소울 푸드인 줄 알았는데 시장표 떡볶이가 소울 푸드였다니. 이때부터는 아무리 맛있는 요리를 먹어도 떡볶이 생각은 떨쳐지지 않는다. 매콤달콤한 고추장 양념이 배어 있는 쫀득쫀득한 떡에 간간이 숨어 있는 어묵을 찾아 오물오물 씹어 먹는 모습을 상상하다 보면 당장이라도 비행기에 오르고 싶다. 그 정도면 아쉬운 대로 한인마트나 한식당에라도 가서 사 먹으면 되겠지만 떡볶이답지 않게 상상을 초월한 가격에 일단 참아본다.

호스텔 공용주방에서 요리할 열정이 불타오르지만, 내일 일정을 생각해 체력을 비축하기로 한다. 그렇게 참고 참다 인천공항에 도착하자마자 떡볶이부터 먹으며 쌓였던 떡볶이 향수병을 치료한다.

하지만 생각했던 것만큼 맛있지 않은 건 왜일까.

공항에서 파는 거라 그런가 싶어 집에 도착한 뒤 야식으로 먹을 떡볶이를 사 온다. 여행 기념품과 이야기보따리를 풀어놓으며 가족들과 떡볶이를 먹다 보면 비로소 내가 그리워했던 맛이 느껴진다.

역시 떡볶이는 밤에, 그리고 여럿이 먹어야 맛있다.

11

여행 컨디션

긴 여행을 계획할수록, 체력과 시간 안배가 필수다. 너무 많은 것을 짧은 시간에 하려 들면 이른 오후부터 방전이 되고 만다. 그럴 때면 여행지 이곳저곳에서 조용히 충전한다. 갓 구운 빵 위에 버터와 잼을 듬뿍 발라 먹거나, 아무 카페에 들어가 커피를 마시거나, 숙소 로비 소파에서 사람들을 구경하며 멍하니 앉아 있는다. 미술관의 명화를 감상하듯 숙소 창문 밖 풍경을 감상하며 종일 이불에 파묻혀 있는 날도 있다. 그중에서도 가장 큰 길티 플레저는 한국에서 담아 온 예능을 보거나 실시간으로 드라마를 보는 것이다. 이 먼 곳까지 와서 한국 드라마를 본다는 게 이해가 안 될 수 있겠지만, 행복한 여행을 위해선 드라마가 대수랴. 즐겁긴 하지만 매 순간이 듣기 평가였던 하루의 피곤함을 씻어내기엔 한국 드라마만 한 것도 없다. 게다가 여행을 중에도 트렌드를 따라갈 수 있고 귀국 후 밀린 드라마를 보느라 두 번째 시차 적응을 하지 않아도 되니, 이것이야말로 진정한 관리인 셈이다. 이게 다 두루두루 최상의 컨디션을 유지하기 위한 나의 큰 그림이라 위로하며 드라마 다음 화를 눌러본다.

12

마트를 털자

현지 느낌을 느낄 수 있는 건 물론, 저렴한 식료품들로 여행 중 식비를 줄이기엔 마트만 한 곳이 없다. 정육 코너의 선홍빛 고기와 크기부터 남다른 신선한 해산물은 그림의 떡일 때가 대부분이지만 왠지 모르게 마음이 흐뭇하다. 관광지에선 볼 수 없는 지극히 평범한 물건들과 수십 종류는 너끈히 돼 보이는 요거트를 보고 있다가 매장 한쪽에 쌓여 있는 장바구니부터 챙긴다. 여행자가 살 수 있을 만한 물건들 주변을 기웃거리다 빼곡히 적혀 있는 설명서에 한참을 서 있는다. 바로 그때, 누군가 바로 옆 제품을 집어 들면 '저거다!' 하며 따라 집는다. 모르는 글 투성인 마트에선 눈치가 곧 생명이다.

영국에선 대부분의 일정이 '마트 투어'였다. 디자인 강국다운 진열과 인테리어는 발바닥에 불이 날 때까지 나를 움직이게 만들었다. 독일 1위 드럭스토어인 DM은 없는 쌈짓돈까지 털게 만든다. 한국에선 몇 배를 주고 사야 할 물건들을 저렴한 가격에 살 수 있다. 유명 핸드크림부터 각종 영양제와 허브차를 담다 보면 하루가 우습다. 게다가 물보다 싼 맥주라니. 맥주 맛을 몰라도 일단 담고 본다.

덴마크엔 귀여운 캐릭터로 유명한 이야마^{Irma} 마트가 있다. 마트 창업주의 딸을 모델로 한 캐릭터가 새겨진 각종 PB상품을 보면 그냥 지나칠 수가 없다. 게다가 덴마크답지 않은 저렴한 가격과 튼튼한 내구성, 귀여운 캐릭터가 수놓인 에코백은 선물용으로도 제격이다. 그래서인지 품절일 때가 많았다. 길거리엔 한 블록마다 세븐일레븐이 있다. 세븐일레븐과 사돈이라도 맺은 건지 엄청난 점포 수에 놀라고, 우리 집 앞 세븐일레븐과는 다른 세련되고 건강미(?) 넘치는 제품들에 또 한 번 놀란다. 여행을 떠나기 전 블로그에서 보았던 타칭 '덴마크 특산물'인 마틸다 초코우유를 들고 거리를 걷다 보면 적당히 달콤한 맛에 하루가 달콤해진다. 양손 가득 마트를 털어 온 물건들을 들고 숙소로 돌아오면 내일 아침이 되어 줄 일용한 양식들이 털리지 않게 이름표를 붙여 공용 냉장고에 넣는다. 종일 마트를 구경하느라 비상금뿐 아니라 영혼까지 털렸지만 마음엔 행복이 가득 담긴 채 하루가 저문다.

13

낙서는 나의 힘

스마트폰으로도 고화질의 사진을 멋지게 찍을 수 있는 시대가 됐는데도, 못 그려도 좋으니 얼굴을 그려달라는 부탁을 받을 때가 있다. 다양하고 예쁜 이모티콘이 가득한 메시지보단 삐뚤빼뚤하지만 정성껏 쓴 손편지가 더 예쁘게 느껴질 때가 있다. 아마도 그건 비록 사진처럼 똑같이 그려낼 순 없어도, 메시지처럼 깔끔하고 신속하게 적어낼 순 없어도 그저 똑같기만 한 것이 아닌 나만을 위한 특별함 때문이 아닐까? 여행지에서 낙서를 하는 것도 비슷하다.

패스트푸드점 인테리어 장식에 불과한 조명이 하루의 시작을 밝혀줄 훌륭한 작품이 되거나, 테이크아웃 잔 위로 하얀 김이 피어오를 때면 따뜻하게 나를 감싸 안는 것 같다. 길거리 악사에게 낙서와 동전을 건넬 때면 연주를 감상하고 있던 나의 순간의 추억도 함께 건네는 것 같다. 지극히 평범하기만 한 일상과 별 볼일 없어 보이는 그저 그런 여행지도 특별하게 만들어 주는 게 '낙서'다.

게다가 감기에 걸려 꼼짝없이 숙소에 있게 된 날엔 낙서가 더없는 친구가 되어준다. 약 기운에 취해 힘없이 그려 낸 낙서는 지나고 나면 또 다른 느낌의 추억이 된다. 갑작스런 소나기를 피해 무작정 들어간 카페에서 비가 그칠 때까지 낙서하다 보면 여행만 하느라 주변을 돌아보지 못한 나를 위한 시간이 될 때도 있다. 정류장에서 버스를 기다리는 시간도 낙서와 함께라면 지겹지 않다.

　마지막 한 장까지 살뜰하게 낙서로 채워진 노트는 한 권에 담긴 나만의 갤러리가 된다. 추운 가을바람에 시린 손을 불며 공원에 앉아 그렸던 기억과 노트에 커피를 쏟아 본의 아니게 채색을 하게 됐던 날들이 갤러리 벽면을 빼곡히 채우고 있다. 그런 낙서들을 감상하고 있노라면 고된 현실을 이겨낼 수 있는 힘이 생긴다. 물론 재빠르게 담아내는 사진과 다르게 그날의 풍경과 나의 기분을 그려내느라 시간이 조금 걸린다는 단점이 있긴 하지만, 이 수동 인화서비스 덕분에 혼자 떠난 여행지에서도 종일 외롭지 않고 바쁠 수 있던 건지도 모르겠다.

14

문화 충격

자고로 낯선 문화를 경험하는 것이 여행의 묘미라지만, 가끔은 이해할 수 없는 문화에 고개를 내저을 때가 있다.

◇ 안 본 눈 삽니다. '덴마크 누드 방송'

코펜하겐의 대형 호스텔에 머물 때였다. 그날도 어김없이 로비에서 수정작업을 하며 하루를 마무리하고 있었다. 작업 중간쯤 스트레칭도 할 겸 벽에 걸린 대형 텔레비전를 보던 찰나, 지극히 평범한 토크쇼 같던 방송에 뜬금없이 올 누드의 남성들이 등장했다. 밤 열 시도 안 된 시간에, 텔레비전 앞에서 장난을 치는 어린이들 뒤로 보이던 올 누드에 두 눈을 의심하지 않을 수 없었다. 혹시 누군가 실수로 컴퓨터에 숨겨놓은 '야동'을 블루투스로 연결한 건 아닌가 싶어 주변을 연신 두리번거렸다. 다각도 촬영은 물론 난데없는 클로즈업에 본의 아니게 전지적 조물주 시점으로 보느라 정신까지 혼미해질 때쯤 진행자마저 옷을 홀딱 벗었다. 이게 무슨 상황이란 말인가! 도무지 믿을 수 없는 광경이었다.

무엇보다 더 믿기지 않던 건 그 로비에서 놀란 사람은 나뿐이라는 것이다. 나는 본능적으로 분명 어딘가에서 놀라고 있을 아시아인을 찾아보았지만, 불행히도 로비에 동양인은 없었다. 매일 밤 로비에서 마주쳤던 그 많던 중국인들은 다 어디로 간 거란 말인가. 누드 방송 속에서도 모두가 태연히 저녁을 즐기는 가운데 놀란 토끼눈을 한 나와 내 노트북만 멈춰 있던 밤이었다.

◇ 시럽, 우유 안 넣은 '노메리카노'라고요

　안데르센이 나고 자란 오덴세를 갔던 날이었다. 아침부터 와이파이가 말썽을 부려 속이 터졌던 데다가 난데없이 쏟아지는 소나기를 피하기 위해 이리 뛰고 저리 뛰며 진땀을 뺐던 터라 '아이스 아메리카노' 한 잔이 절실했다.

　숙소가 있는 코펜하겐으로 돌아가기 위해 찾은 오덴세 중앙역에 도착하자마자 카페를 찾았다. 아이스 아메리카노를 주문하며 얼음을 많이 달라던 내게 직원은 시럽을 넣겠냐고 물었다. 카라멜 마키아토를 먹을지언정 시럽을 넣은 아메리카노는 먹어 본 적이 없기에 당연히 "No"라고 대답했다. 나의 대답을 들은 직원은 이내 그럼 우유를 넣겠냐고 물었다. 우유라니. 이 무슨 밍숭맹숭한 질문인가. 역시 나의 대답은 "No"였다. 뭘 그리 자꾸 묻는 건지 목이 타들어 갈 것 같아 '그냥 아이스 아메리카노 좀 플리즈라구요!'라고 외치고 싶었다. 그런 나를 의아하게 쳐다보며 연신 고개를 갸우뚱하는 직원에게 "다들 이렇게 안 마시냐"고 묻자 "이렇게 마시는 사람은 없다"고 했다. 원두 우린 물에 얼음만 왕창 띄워달라던 내 모습이 마치 인사동에서 식혜를 주문하곤 밥알은 빼달라는 외국인처럼 보였을까.

◇ 나는 못 먹겠소, '에스프레소'

　북유럽이 살기 좋다고 익히 들었지만, 도대체 인생이 얼마나 달콤하길래 이 사약 같은 에스프레소를 먹는 건지. 그 맛이 궁금해 에스프레소를 주문한 적이 있다. 유난히 더 진해 보이는 에스프레소를 받아들고 자리에 앉아 설렘 반 긴장 반으로 마신 '첫스프레소^{첫 에스프레소}'는 꿀잠을 즐기고 있는 주말 아침 이불을 걷어내던 엄마처럼 정신을 번쩍 들게 했다.

　도무지 또 입을 댈 용기가 나지 않아 모두 남긴 채 초코 머핀으로 입가심을 하고 나왔다. 겨우 소주 한 잔 남짓의 커피에 몸을 떨었다니. 자존심이 상해 다음 날 또 카페를 찾았다. 그렇게 받아 든 '재수프레소^{두 번째 에스프레소}'. 고삼차가 따로 없었다. 한 모금을 삼키자마자 구워지는 오징어처럼 몸을 배배 꼬았다. 주변을 둘러보았지만 역시 나만 빼고 다들 평온한 얼굴로 에스프레소를 즐기고 있었다. 가뜩이나 이 구역 오징어였는데 더 완벽한 오징어가 된 채 다시 초코 머핀을 먹고 카페를 나왔다. '삼수프레소^{세 번째 에스프레소}'는 없을 거라 다짐하며.

15

여행에서 만나는 것들

여행하다 보면 별것 아닌 것들이 더 예뻐 보이는 순간이 있다. 그냥 지나치자니 눈에 밟히고 버리자니 이 순간도 버려지는 것 같은 아쉬운 마음이 든다. 그래서인지 떠나온 여행지에선 모든 게 소중하게만 느껴진다.

나는 낙엽을 좋아한다. 가을이 오면 낙엽을 줍느라 땅만 보고 다닌다. 그래서인지 여행도 가을에 떠나는 것 같다(물론 비행기 티켓이 저렴하기 때문도 있지만). 외국에서는 한국에서 보기 힘든 낙엽을 발견하면 때와 장소를 가리지 않고 쭈그려 앉는다. 아름답다 못해 황홀하게 단풍에 물든 공원을 지날 때면 예쁜 낙엽을 찾느라 다시 쭈그려 앉는다. 어찌나 집중하며 찾았는지 산책을 하시던 한 아주머니께서 잃어버린 게 있냐고 물었던 적도 있다. 주워 온 낙엽을 휴지로 닦아 낸 뒤 노트 사이에 끼우고 나면 부자가 된 느낌이다. 그렇게 말린 낙엽은 엽서를 쓸 때 붙이거나 액자에 끼워 다녀온 여행을 기념한다. 길을 헤매다 마주친 개울가에선 자갈 몇 개를 주웠다.

반짝반짝 빛나던 손톱만 한 자갈들이 보석처럼 보였나 보다. 중요하지 않으면 좀처럼 챙기지 않는 영수증도 여행지에선 특별하다. 낯선 글씨들로 빼곡히 적혀 있는 영수증은 멋스럽기까지 하다. 껌 한 통을 샀더라도 그날을 기억하고 싶을 땐 영수증을 노트에 붙인다. 날짜가 적혀 있다 보니 지난 일정이 헷갈릴 땐 꽤 도움이 된다. 여행 전부터 기대했던 곳에 도착하고 나면 기차 티켓을 버리지 않고 꼭 챙긴다. 시간이 흐르면 언젠가 잊힐 지금의 순간이 못내 아쉬워 이 작은 종이로 아쉬움을 달래려는 듯하다. 마음에 드는 쇼핑백을 받을 때면 구겨지지 않게 접어 캐리어에 넣는다.

그렇게 방 안 여기저기 쓰지도 못하고 바라만 보는 쇼핑백이 수십 장이지만 한 장 한 장 소중한 기억에 버릴 생각은 없는 것 같다. 여행의 소중함과 즐거움을 느끼는 해주는 것들은 웅장한 건축물이나 대단한 명품이 아닌 우연히 만나게 되는 작은 일상들은 아닐까. 어찌나 그 만남이 소중한지 캐리어에 넣다 보면 늘 무게가 초과 되지만 아무렴 어떤가. 어쩌면 이 작은 것들을 만나려고 여행을 하는 걸지도 모를 테니.

16

여행하다 지칠 때

짧은 여행은 도저히 마음에 찰 것 같지 않아 긴 여행을 떠나곤 한다. 가끔 한 달 가까이 긴 여행을 떠나게 되면 지치는 날이 온다. 장기 여행인 탓에 찾을 수밖에 없던 호스텔 환경도 한몫하지만, 프리랜서 주제에 장기 여행이라니. 선택의 여지가 없다. 가끔 에어비엔비를 추천받기도 하지만 혼자 가는 여행인 데다 영어를 잘하는 것도 아니고 변수라도 생기면 남은 여행 일정이 엉망이 되니 조금 불편해도 가드가 있고, 도움을 얻기가 용이해 호스텔을 찾는다. 하지만 여럿이 방을 쓰는 탓에 샤워를 하거나 옷을 갈아입을 때마다 눈치를 봐야 하니 불편이 이만저만 아니다. 특히 된장을 먹고 자란 고등어를 겨드랑이에 끼고 자는 건지, 아침마다 방 안을 가득 메운 체취는 아직도 적응 못했다.

내 후각은 진작에 지쳐 나가떨어졌다. 그래도 조금씩 익숙해지다 보면 큰 불편을 못 느끼고 지내게 될 때가 오는데 그때면 어김없이 새 장소로 이동한다. 한 달 남짓의 짐이 든 거대한 캐리어를 들고 다른 지역으로 이동하고 나면 숙소에 도착하기도 전에 녹초가 되어 있다. 그래도 여행은 여행이니 가벼운 가방으로 바꿔 메고 밖을 나선다. 그렇게 나와 걷다 보면 어느새 한숨이 절로 나온다. 행복하자고 온 여행에서 한숨이라니. 특단의 조치가 필요하다.

　한숨이 나올 정도로 지칠 때가 오면 나는 속도를 늦춘다. 어차피 하루에 한두 군데밖에 가지 않지만 어차피 이렇게 된 거 마음 놓고 늦춰본다. 그리곤 여행을 오기 전 내가 꿈꿨던 모습이나 회사 시절 힘들었던 기억을 되돌아보며 지금의 순간에 감사해본다. 하지만 감사는 마음뿐, 마음 같지 않은 몸은 호스텔 소파나 공원 벤치, 카페에 앉아 여행 내내 걷기 바빴던 걸음을 조금씩 늦춘다. 걸음뿐 아니라 복잡했던 머릿속도 천천히 생각하다 보면 조금씩 회복이 된다. 다음 날이면 다시 지친 모습으로 돌아올 때도 있지만 아무 걱정하지 않고 일단 밖을 나선다. 세상은 넓고 앉았다 갈 곳은 많다.

아무 생각 없이 여행하고 싶다.

육 개월 동안의 앉은뱅이 시간
아직도 아련히 남아 있는 통증

응급수술.
어쩌다 보니 사 개월 동안
세 번의 수술과 네 번의 마취

돌아갈 수 있을까? 하며
메일을 보냈는데 그래도 잘 걸어 다니며
한 달간의 여행을 하고 있다.

오늘로써 여행의 절반이 지났다.
크게 변한 것도, 크게 다짐한 것도
없지만 그냥 아무 생각 없이
지내다 가고 싶다. 그뿐이다.

잰 뭐지…?
자는 건가?

이래 봬도
충전 중이야…

17

여행이 끝나간다

버릴 수 있는 건 다 버리고 가자.

하지만 잘 버려지지 않는 건 왜일까…?

　부랴부랴 공항 짐 검색대에서 캐리어를 찾아 모든 게 낯설기만
한 풍경을 지나 숙소에 도착했던 날이 엊그제 같은데 돌아갈 날이
다가오면 마음이 조급해진다. 챙겨 온 생필품들은 하나둘씩 비어
가고 벼룩시장에서 산 연필 깍지와 낡은 LP판, 기념품들이 캐리어
의 빈자리를 채운다. 짐을 정리하다 보면 정리된 캐리어만큼 현실
에 가까워지는 것 같아 조금씩 걱정이 그 자리를 채우기 시작한다.
퇴사하자마자 떠났던 한 달간의 독일 여행에선 그 걱정이 유독 심
했다. '돌아가면 이직해야 하나', '프리랜서를 해야 하나', '프리랜
서를 해도 될까?', '한다면 나 잘할 수 있을까?', '이러다 굶어 죽는
건 아니겠지?!'

　조식을 받기 위해 길게 줄을 선 사람들처럼 내 머릿속 걱정들도
끝없이 줄지어 있었다. 당장 해결되지도 않을 텐데 마치 이 또한 여
행의 일정인 것처럼 최선을 다해 걱정한다. 떠나올 땐 모든 걱정,
근심 따윈 여행지에 모두 버리고 오겠다고 했으면서도 쓰레기 무
단투기로 국제적 망신을 당할까봐서인지 좀처럼 버리질 못한다.

기념품을 넣기 위해 캐리어 속 짐들은 과감히 잘만 버리면서 걱정은 왜 버리지 못하는 걸까.

그런 고민을 조금이라도 털어내고 싶은지 여행이 끝나갈 때면 더 일찍 일어나 더 천천히 길을 걷는다. 그러다 보면 별 생각 없이 걸었던 골목도, 습관처럼 들렸던 빵집도, 조금씩 익숙해지던 공원의 단풍도 아쉽고 소중해진다. 지금 두 눈에 보이는 이 풍경과 기억들이 잊힐까 봐 자세히 들여다보며 낙서로 곱씹는다. 얼마 남지 않은 여행 날짜처럼 경제 개념도 줄어든 건지 아쉬운 마음을 위로하려는 듯 쉽게 열리지 않던 지갑이 활짝 열린다. 이럴 땐 고민은 하는 척도 안 한다.

또 언제 먹어보겠냐는 생각에 배가 불러도 눈에 띄는 음식들은 일단 먹고 본다. 그렇게 숙소로 돌아오면 또 하루가 지났다는 생각과 그 하루만큼 현실로 가까워졌다는 생각에 쉽게 잠들지 못하고 뒤척인다. 내일은 걱정 하나쯤은 꼭 버리겠노라 다짐하며 아직 가보지 못한 맛집을 검색한다. 이놈의 식욕도 좀 버리고 와야지.

18

아흔아홉 통의 엽서

혼자 여행을 떠나면 생각할 시간이 많아 고맙거나 그리운 사람들이 문득 떠오른다. 입사 후 내리 일만 하다 퇴사를 하고서야 갈 수 있던 첫 여행에선 정신없이 사느라 연락하지 못했던 사람들이 많이 떠올랐다. 그 많은 사람에게 감사와 안부를 전하기 위한 선물을 사기엔 가진 돈이 부족했던 탓에 생각 끝에 엽서를 쓰기 시작했다.

그렇게 한 달간 독일을 여행하며 틈틈이 엽서를 썼다. 생각해보면 나는 어릴 때부터 편지 쓰는 걸 좋아했다. 아마도 그 시작은 초등학생 때부터 고등학생 때까지 (대학생이 되고선 가끔) 아빠 구두속에 몰래 넣어 두었던 편지 때문이 아니었나 싶다. 이른 출근과 늦은 퇴근으로 좀처럼 아빠를 볼 수 없던 게 싫었는지 궁리 끝에 생각해낸 방법이 '편지'였다. 아빠의 낡은 구두는 우리 둘만의 우체통이었다. 지금도 가끔 그때의 편지를 읽으며 흐뭇하게 웃는 아빠를 볼때면, 매일 아침 지친 몸을 이끌고 출근을 하던 아빠에게 어린 내가 쓴 편지는 위로이자 살아갈 힘이 되었던 것 같다.

편지엔 그 어떤 것도 담을 수 없는 진심을 담을 수 있다고 믿는다. 그래서였을까. 그동안 나누지 못한 진심을 늦게나마 전하기 위해 여행 내내 열심히 엽서를 썼다. 좋은 곳에 가면 좋아하는 사람들이 떠올랐고, 맛있는 음식을 먹으면 함께 먹고 싶은 사람들이 떠올랐다. 조금 울적할 때면 위로받고 싶은 사람들에게 엽서를 쓰며 스스로 위로하기도 했다. 여행의 풍경을 사진에 담듯 그렇게 엽서에 마음을 담았다. 그러다 보니 첫 여행에선 아흔아홉 통의 엽서를 보냈었다. 비록 아흔아홉 번째로 썼던 '나에게 보낸 엽서'는 아직도 도착하지 않았지만, 조금이나마 나의 진심이 전해졌을 생각에 마음이 놓인다. 물론 의도치 않게 점점 물가가 비싼 나라로 떠나게 되면서, 그리고 일을 가져가게 되면서 마지막 여행에선 가족과 최측근에게만 엽서를 보내야 했지만, 지금도 여행을 갈 때면 지인들의 주소부터 챙긴다. 이 작고 가벼운 엽서에 또 얼마나 많은 진심을 담을지를 기대하며.

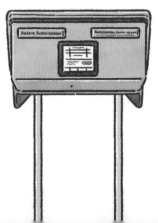

19

비행기를 놓쳤다

돌아오는 비행기를 놓쳤다. 예상할 수 없는 게 여행이고 그게 여행의 매력이라지만 비행기를 놓치는 매력까지 느끼게 될 줄은 몰랐다. 독일에서 영국으로 향하는 밤 비행기를 타러 공항을 찾았다. 히스로공항의 캡슐호텔이 신기해 경유를 하고 머물려던 계획 때문이었다. 체크인을 하는데 직원들이 나를 보더니 흘끔거리며 잡담을 했다. 그런 탓에 생각보다 시간이 걸렸지만, 여행 마지막 날이라 살짝 피곤하기도 했고 시간도 넉넉해 재촉하지 않았다.

검색대는 생각보다 사람들이 많았다. 잠깐 한숨을 돌린 뒤 검색대에 줄을 섰다. 좀처럼 줄어들지 않는 줄 사이로 고개를 연신 내밀다 보니 내 차례가 왔다. 모범 여행자(?)답게 바구니에 짐을 넣고 검색대를 통과했다. 짐을 챙기려는 그때 검색대 직원은 손대지 말라고 소리쳤다. 그럴 땐 적극적으로 협조하라던 말이 생각나 최대한 선량한(?) 리액션을 하며 짐 옆으로 비켜섰다. 그러자 직원들은 나의 배낭과 기념품이 든 쇼핑백을 열기 시작했다.

당황스러웠다. 순간 영화 「브리짓 존스의 일기2」에서 마약 밀수를 하려던 남자가 준 짐을 맡았다가 태국 교도소에 들어가게 됐던 브리짓이 생각났다. '누구 짐을 맡지도 않았는데 뭣 때문이지? 게다가 왜 하필 나한테만?' 같은 걱정과 불안함이 밀려왔다. 배낭 작은 주머니까지 샅샅이 살펴보더니 필통까지 열어 색연필을 쏟아냈다. 그때의 창피함이란, 치욕스럽기까지 했다. 그렇게 한참을 뒤지더니 짐을 챙기라고 했다. 이유를 묻고 싶었지만 그럴 정신이 있다면 검색대에 널부러진 짐부터 챙기는 게 급선무였다.

열심히 짐을 꾸역꾸역 밀어넣고 나니 시간이 훌쩍 가 있었다. 있는 힘껏 게이트를 향해 달렸지만 어찌나 당황했던지 길을 헤매기까지 했다. 게이트에 도착하고 나니 이륙 오 분 전이었고, 탑승시간 경과로 결국 비행기를 놓치게 되었다. 여유 있게 공항에 왔는데 비행기를 놓치다니. 이 믿을 수 없는 상황에 한참을 벙쪄 있다 히스로 공항을 향하고 있을 캐리어가 생각났다. 늦은 밤이라 공항엔 직원이 몇 명 없던 터라 어설픈 영어와 손짓 발짓을 써가며 안내데스크 직원에서 자초지종을 설명했다. 하지만 이미 수화물에 실리고 있을 캐리어를 되찾기란 쉽지 않았다. 요단강처럼 돌아오지 못할 곳으로 건너고 있을 캐리어를 찾기 위해 진땀을 빼던 중 한국 항공사의 한국인 직원이 보였다. 지푸라기라도 잡는 심정으로 도움을 요청하자 승객이 탑승할 동안 시간을 내어 주었다. 그 덕분에 무사히 캐리어를 찾을 수 있었다. 어떻게든 사례를 하고 싶어 기념품 쇼핑백 맨 밑에 숨겨둔 핫초코를 꺼내 드렸지만 규정에 어긋난다며 사양하셨다. 머리가 땅에 닿을 정도로도 인사를 하고 나니 멘탈이 바스러지다 못해 으깨졌다.

이런 나를 구출하기 위해 프랑크푸르트에서 지냈던 한인민박 주

인 내외분이 공항에 오셨다. 여행 중 유일하게 묵었던 한인민박이었는데 아무래도 천사의 집에 머물렀나 보다. 다음 날 주인은 가장 빠른 티켓을 구하기엔 한국 여행사가 제일 빠를 거라며 한인신문을 건네주셨다. 특가로 나왔던 티켓이라 보상을 받을 수 없던 탓에 칠십 만 원 남짓을 들여 편도 티켓을 구입했다. 이 얘기를 들은 지인들은 격분하며 검색대 일은 엄연한 인종차별이라며 항의하라고 했지만, 멘탈은 물론 영혼까지 털렸던 터라 무사히 한국에 돌아온 것에 감사했다.

그날의 기억 때문인지 공항 검색대에 설 때면 가끔 머리가 어지러울 정도로 긴장한다. 이젠 웃으며 말할 수 있을 정도로 시간이 흘렀지만, 이렇게 정신없이 사는 걸 보면 아무래도 그날 밤 검색대에 정신을 두고 온 듯싶다. 어쩔 수 없지. 다시 가지러 가는 수밖에 없다.

20

어쩜 늘 이래

한국으로 돌아와 작업실에 멍하니 앉아 있을 때 늘 긴장하느라 피곤했던 혼숙과, 테트리스처럼 빽빽하게 사람들로 들어찼던 12인실 호스텔이 그리워진다면 여행 후유증에 시달리고 있는 게 분명하다. 일은 하기도 전에 질려 하면서, 여행은 왜 해도 해도 질리지 않는 걸까. 여행에서 돌아온 뒤 잠자리에 들 때면 가고 싶은 곳들을 구글맵에 표시하기 바쁘다. 그래서인지 내 구글맵은 반짝이는 별 표시로 가득하다. 별이 쏟아진다는 몽골의 밤하늘에서도 이보다 많은 별을 볼 순 없을 거다.

시차 적응을 한다는 핑계로 밀린 드라마를 보거나 놓친 가십들을 읽어 보지만 여행지에서 안내문을 읽었을 때가 더 재밌게 느껴진다. 조금 길게 여행을 하고 돌아오면 후유증도 꽤 오래 앓게 되는 탓에 한동안 여행자 모드로 살게 된다. 몇십 년 동안 다니던 길이 새롭게 느껴지고 괜히 안 가본 골목길로 들어가 본다. 외출할 때면 준비 시간이 이십 분을 넘지 않고, 가방엔 휴대용 티슈와 물통을 챙겨 넣는다. 어떨 땐 지퍼백에 간식을 챙겨 나설 때도 있다. 이렇듯

매번 잊지 않고 찾아오는 후유증에 나는 여행지에서 길을 잃어 한 시간을 헤맸을 때도, 맛없는 음식을 먹었을 때도, 베드버그에 물려 여행 내내 약을 바르며 가려움과 싸워야 했을 때도, 심지어 비행기를 놓쳤을 때도 불평하지 않았다.

현실로 돌아오면 방구석에서 이 모든 것들을 그리워할 게 분명하기 때문이다. 그래서 여행지에선 매 순간을 소중히 여기며 현실에서의 후유증을 치료할 특효약으로 삼자며 감사히 생각한다. 하지만 이 특효약도 시간이 흐르면 효력을 다해 예전처럼 지극히 평범한 일상으로 돌아오게 된다.

그리곤 이내 여행병을 앓는다. 아마도 매일 늦은 밤까지 열심히 일하는 이유는 이 후유증을 영원히 낫게 해줄 특효약을 찾아 떠나기 위해서가 아닐까. 언젠가 그 특효약을 발견하게 된다면 노벨상을 노려볼 만할지도 모르겠다.

여행의 이유

여행은 내 안의 '숲길'을 걷게 해준다.
생각지도 못하게 울창한 '내 모습'도,
아직은 조금 더 기다려줘야 할 '내 모습'도
비로소 바라보게 한다.

동네 여행이 좋아

우리 동네에 흐르고 있는 성내천을 따라가다 보면 올림픽공원이 나온다. 도심에서 보기 힘든 탁 트인 공원과 산책하기 좋은 코스 때문에 종종 가는 곳이지만, 가을이 되면 눈이 촉촉해질 정도로 물든 단풍을 보고 싶어 더 자주 가게 된다. 내가 사는 동네를 사랑하는 이유 중 하나를 꼽는다면, 이 기막힌 풍경이 멀지 않은 곳에 있기 때문이다. 가을에 물든 잎사귀가 몽촌호에 녹아 말 그대로 '온 세상이 가을가을한' 장관을 볼 수 있는 이곳은 가을이 오면 자주 찾는 곳이다. 한적한 이른 시간에 도착해 이어폰을 꽂고 낙서를 하면 오랫동안 앉아 있을 수 있다. 커피와 빵까지 있으면 금상첨화일 텐데.

해가 질 때면 조금씩 붉어지는 하늘과 호수 위로 흐르는 잔물결에 잠들어 있던 단풍들이 살아 움직이는 것 같다. 한참을 보다 조금 지겨워질 때면 몽촌토성 산책로를 걷다 일명 왕따나무를 구경하고 온다. 그렇게 호수를 한 바퀴 돌고 나면 체력이 방전된다. 그럼 남은 체력을 짜내 평화의 문 쪽에 있는 편의점이나 카페에 들려 요기를 한다. 그리곤 아쉬운 마음에 괜히 한 번 더 벤치에 앉아본다. 돌아가는 길에 공원 스피커에서 감미로운 음악이라도 흘러나오면 완벽하게 가을을 즐기고 가는 것 같아 뿌듯하다.

이런 가을의 모습을 모두가 아는지라 주말이면 발 디딜 틈이 없다. 그래서 늘 평일 오전에 이곳을 찾아온다. 평일 오전의 가을마저도 못 보게 되는 건 아닌가 싶어 덜 유명해졌으면 좋겠다는 유치한 생각을 하며 집으로 돌아온다.

이런 게 진짜 작품 감상이지.

23

호수가 보이는 어느 빵집

아무래도 나는 호수를 좋아하나 보다. 그러지 않고서야 수많은 빵집 중 이곳을 고집할 이유가 없으니 말이다.

잠실에 있는 대형 쇼핑몰 안엔 호수를 내려다보며 빵과 커피를 먹을 수 있는 빵집이 있다. 봄이 되면 누군가 달콤한 팝콘을 쏟아 놓은 듯 호숫가는 분홍빛으로 물든다. 여름이 되면 폭염 속에서도 호수를 시원하게 내려다보며 머리가 쨍할 정도로 차가운 아메리카노를 즐긴다. 단풍에 물든 가을이 오면 알록달록한 호숫가를 바라보며 갓 구워낸 빵으로 쓸쓸한 마음을 달랜다. 호수의 살얼음 위로 카푸치노처럼 하얗게 눈이 쌓이는 겨울이 오면 따뜻한 비엔나커피를 마시며 한 해를 돌아본다. 이런 탓에 사계절 내내 하루가 멀다 하고 이곳을 들른다. 항상 사람들로 북적이지만 이 풍경을 포기할 수 없어 어김없이 이곳으로 친구들을 불러낸다. 열심히 수다를 떨다 보면 호숫가에서 조깅하는 사람들이 보인다. 그럴 때면 우리들 몫까지 달려주길 바라는 마음으로 더 열심히 빵을 먹으며 수다를 떤다. 본 것만으로도 이미 건강해졌을 테니 말이다.

24

모로 가도 잠실만 가면 된다

초등학교 4학년 때 송파구로 이사 온 나는 이십삼 년째 이곳에 살고 있다. 신도시며, 재개발이며, 롯데타워에 송리단길까지. 이래 저래 송파구가 들썩거리지만 노른자위와는 먼 우리 동네는 예나 지금이나 멋진 거라곤 시장과 개천이 전부인 작고 조용한 동네다. 동네가 개발되기 시작한 시기와 맞물렸던 이십삼 년 전, 학교 앞은 지하철 5호선 공사로 졸업할 때까지 시끄러웠다. 시끄러운 공사장 맞은편엔 '에델바이스'라는 경양식집이 있었다. 태어나 처음으로 맛본 경양식 돈가스의 새콤달콤함보단 나이프로 한 조각씩 잘라먹는 내 모습에 심취했던 기억난다. 학교 아래로 내려가다 보면 시장이 나왔다. 시장 입구엔 세평 남짓한 작은 떡볶이집이 있었는데 평범하지만 입맛 당기는 맛에 늘 사람들로 북적였다. 엄마와 시장에 갈 때면 꼭 들려 떡볶이와 오징어튀김을 시켜 먹곤 했던 그곳은 우리 가족의 추억의 장소이기도 했다.

윗동네에 살던 우리는 점점 아랫동네로 이사오면서 '성내천'과 가까워졌다. 중, 고등학교 때만 해도 소위 학교 일진들이 맞짱을 뜨던 굴다리이자 장마 때면 범람하기 바쁜 개천에 불과했던 성내천은 복원사업 이후 왜가리와 오리가 날아드는 멋진 산책길로 바뀌었다. 재수시절, 미술학원을 마치면 개천 옆에 있던 '반석독서실'에서 공부하는 마음으로 깊은 잠에 들곤 했었다. 힘없는 딸을 위해 도시락을 싸 들고 찾아온 엄마와 점심을 나눠 먹었던 곳도, 함께 재수하던 친구와 앞날을 이야기하며 서로의 꿈을 응원하던 곳도 모두 '성내천'이었다.

취업 후 회사 근처에서 몇 년간 자취를 했지만 고향으로 돌아가는 연어처럼 주말이면 어김없이 동네로 돌아와 친구들을 만나곤 했다. 퇴사 직후였던 프리 백수 시절엔 사거리 부근에 있는 '킹베이커리'에서 산 옥수수 빵을 품에 안고 노트와 펜을 챙겨 끝도 없이 개천을 걸었다. 물가의 오리들과 옥수수 빵을 나눠 먹으며 걷다 보면 '올림픽공원'이 나왔다. 조금 더 들어가다 보면 나오는 '소마미술관' 앞 벤치는 위로가 필요했던 그 시절 내가 가장 좋아하던 장소였다. 가을의 품에서 붉게 물든 '몽촌호'를 바라보고 있노라면 복잡한 머릿속도 따뜻하게 물드는 것 같았다. 이직 걱정 같은 건 없을 거라며, 개천에 널린 게 먹을 거라며 괜스레 오리들을 부러워하다가도 돌아오지 않을 그 순간을 노트에 끄적거리며 집으로 돌아오곤 했었다.

흘러가는 개천처럼 그렇게 시간도 흘러 조금은 낯선 동네가 되었지만, 여전히 내겐 친숙한 '우리 동네'. 먼 훗날 꼬부랑 할머니가 되어 나선 산책길에서 언젠가 숨겨 놓은 추억을 발견하곤 주름진 손으로 노트에 끄적거리는 내 모습을 상상하며 오늘도 동네를 거닐어본다.

25

추억의 종로구

　내가 처음 기억하는 종로구의 모습은 엄마의 학창 시절이다. 덕수궁 돌담길을 따라 걷다 보면 나오는 엄마의 모교는 어쩌면 엄마의 인생에서 가장 빛나던 시절을 간직하고 있는 곳이 아닐까. 덕수궁 앞마당을 청소했던 일과 하교 후 친구들과 떡볶이를 먹으며 떠들던 얘기를 듣고 있으면 엄마에게도 그런 시절이 있던 게 신기하면서도 왠지 모르게 미안해진다. 중학교 마지막 방학 때 엄마의 모교를 처음 가보았다. 예전과 다르게 수영장도 없고 이곳저곳이 알게 모르게 변했다고 하면서도 쉽게 발을 떼지 못하던 엄마의 모습이 기억난다.

　대학 입학 후, 함께 재수했던 친구와 기쁜 마음에 종로 일대를 정신없이 걸었던 적이 있다. 뭐가 그리 즐거웠던 건지 걷는 내내 배를 잡고 웃었다. 그렇게 생각 없이 걷다 길거리 음식도 먹으며 여기저기 구경을 하다 보니 막차가 끊겨 결국 친구 집에서 자야 했다. 차가 끊겼을 정도로 걸었다니. 그때의 체력이 부럽기만 하다.

　끝나기만을 바라던 졸업 전시도 종로구 안에서 했다. 인사동 입

구에 있는 갤러리에서 진행했던 탓에 내게 인사동은 전통의 거리가 아닌 졸업을 위해 밤낮없이 택시를 타고 오갔던 치열한 거리로 기억된다. 정신없이 준비하다 기력이 떨어지면 바로 왼편에 있는 오래된 솥밥 집에서 몸보신을 하곤 했다. 지금은 추억을 쌓기보단 업무 차 미팅을 하러 갈 때가 더 많지만, 가는 길이 지겹지 않은 걸 보면 그래도 아직 종로구엔 추억이 더 많은 것 같다.

26

홍대 밀가루 투어

동네에 홍대 빵집들의 분점이 생기거나 홍대에 있는 빵집만큼 맛있는 빵집들이 많이 생겨 명실공히 빵의 성지였던 홍대도 예전만큼 자주 가지 않는다. 그래도 빵의 세계에 막 입문했을 무렵, 새롭고 맛있는 빵들을 찾기 위해 홍대 앞으로 향했다. 여전히 어디까지가 홍대인지 늘 헷갈리고 갈 때마다 생기는 새로운 빵집에 두리번거리곤 하지만 그 시절, 나를 빵의 세계로 이끌어 준 빵집들을 소개한다.

◇ 김진환 제과점

동교동 주택가 골목을 걷다 보면 만나게 되는 '김진환 제과점'은 생각보다 작은 규모에 자칫 그냥 지나칠 수도 있는 곳이다. 하지만 골목 입구에서부터 풍겨오는 빵 냄새를 따라가다 보면 쉽게 찾을 수 있다. 주인분과 정감 있게 대화를 나누거나 여유 있게 빵을 고르는 상상을 했다면 접는 게 좋다. 밀려오는 사람들로 빵을 집어 계산하고 나가기 바쁘다. 이른 오후만 돼도 대표 메뉴인 식빵은 품절되니 대화를 나누고 싶다면 근처 카페에서 식빵과 나누길 추천한다. 닭가슴살처럼 결을 따라 부드럽게 찢어지는 식빵의 촉촉한 결을 보고 있자면 집에 도착할 때까지 기다릴 수가 없다. 계산할 때만 해도 수프에 찍어 먹거나 잼을 발라 먹는 상상을 했지만 결국 참지 못하고 근처 카페에서 봉지를 뜯는다. 곁들이는 거라곤 커피가 전부지만, 갓 구워낸 식빵은 그대로도 충분히 맛있다.

◇ 더브레드블루

김진환 제과점에서도 가까운 이곳은 민화를 배우러 갔다가 우연히 알게 된 곳이다. 그때만 해도 'No 달걀, No 버터, No 우유'인 빵을 쉽게 맛볼 수 없어 신기한 마음에 들어갔던 기억이 난다. 그리곤 달걀과 버터, 우유가 들어가지 않아도 이렇게 맛있는 빵을 먹을 수 있다는 것에 놀랐던 기억도 난다. 비건빵이라면 왠지 건강해지는 것 같고 속도 편안한 것 같아 안심하고 열심히 먹다 보면 자연스럽게 잼과 버터를 발라 먹고 있다. 이럴 거면 차라리 버터가 듬뿍 들어간 빵을 먹는 편이 날 법도 싶지만, 그런데도 이곳을 자주 찾았던 이유는 순수한 빵만큼이나 순수한 마음으로 좋은 빵을 만들고 싶어하셨던 주인 아저씨의 마음 때문일지도 모르겠다.

◇ 아오이토리

일본 장인이 만든다는 말에 그 손길을 맛보고 싶어 찾았던 곳이다. '아오이'는 '파란색'을, '토리'는 '새'를 의미하는 단어로 '파랑새'라는 뜻을 담고 있다. 행복해질 정도로 맛있는 빵을 찾아 떠날 수 있게 파랑새가 되어준다는 걸까? 이곳에는 한국 빵집에선 쉽게

아오리토리

김진환제과점

폴앤폴리나

더브레드블루

볼 수 없는 빵들로 가득하다. 게다가 만드는 직원부터 계산하는 직원까지 대부분이 일본 분들이라 일본을 여행하는 느낌마저 든다. 야키소바빵, 명란바게트, 새우카츠버거, 말차멜론빵, 치킨가라아게 등 다양한 빵들이 일본 특유의 아기자기한 모양으로 단짠의 조화를 이루고 있다. 할매 입맛인 내겐 조금 달달한 면이 없지 않지만 친구와 둘이서 이 만 원 가까이 먹어치운걸 보면 내 빵 취향을 한번 되돌아보는 것도 좋겠다.

◇ 폴앤폴리나

지금은 다른 곳으로 이전을 했지만, 한때 홍대에 건강빵 바람을 일으켰던 주인공인 '폴앤폴리나'는 내게도 건강빵 바람을 불어넣은 곳이다. 그래서 근처를 지날 때면 늘 '버터프레즐'이나 '블랙올리브 치아바타'를 사 들고 나왔다. 원래도 빵을 좋아하는데 간식으로도 먹을 정도로 좋아하는 올리브까지 들어 있다니. 제대로 맛본 그 고소함에 한동안 빠졌던 기억이 난다. 내 최애 빵 종류 중 하나인 '버터프레즐'도 이곳에서 처음 먹어보았다. '그때만 해도'라는 말을 자꾸 하다 보니 굉장히 옛날 사람처럼 느껴지지만, 사실이다. 그때만 해도 '버터프레즐'을 파는 곳은 별로 없었다. 덕분에 무사히 생 버터의 세계로 입문할 수 있었다. 가끔 '버터프레즐'을 즐길 때면 모범 인솔자나 다름없던 그 시절의 '폴앤폴리나'가 생각난다.

없는 것 빼고 다 있는

'강남고속버스터미널'은 어릴 적 천안에 사는 이모들이 서울로 올라올 때마다 늘 만나던 곳이었다. 이모들은 집에 돌아가기 전 지하상가를 꼭 들렀다. 몇 바퀴를 돌고 나면 모두가 지쳐 지하상가 중간에 커다란 원형의 돌이 놓여 있던 '만남의 광장'에서 쉬곤 했다. 집집마다 자가용이 생기면서 점점 발길이 뜸해졌지만, 구석구석 숨어 있는 장소들을 알게 되면서 이젠 내가 더 자주 찾는 곳이 되었다. 서울에서 손꼽히게 큰 문구점도 이곳에 있고 잘만 고르면 백화점 못지않게 괜찮은 옷들을 저렴한 가격에 살 수도 있으니 오지 않을 이유가 없다. 게다가 3, 7, 9호선이 환승이 되는 탓에 사방에 흩어진 친구들을 만나기에도 좋아 오랜만에 수다를 떨며 우정도 다질 수 있으니, 정말 없는 것 빼고 다 있는 곳이다.

◇ 문구 덕후의 성지 '한가람 문구'

내가 중학교 3학년 때쯤 처음 갔던 곳이다. 얼마나 대단한 낙서를 하려던 건지 연습장을 사러 이곳까지 왔다. 본격적으로 미대 입

시를 준비하게 되면서 전동지우개나 파스텔, 물감 등을 사러 가끔 가곤 했다. 종이 위로 부드럽게 발릴 '렘브란트 파스텔'을 계산할 때면 마음은 이미 합격한 것 같았다. 대학교 졸업 전시를 준비하면서부터는 거의 매일 오다시피 이곳을 찾았다. 어쩌면 '한가람 문구' 덕분에 무사히 졸업할 수 있었을지도.

지금도 재료들을 구경하러 가끔 들르는데 마음에 드는 재료들이 보이면 일단 바구니에 담고 본다. 계산대에 하나둘씩 올려놓고 나면 수북하게 쌓여 있는 재료들이 엄청나다. '다 쓸 수 있을까?' 하는 걱정이 든다. 아마 그 재료들을 다 쓰고 나면 '밥 로스 아저씨'가 되어 있을 것 같다. 그리곤 이렇게 말하겠지. "(돈 쓰기) 참 쉽죠?"

◇ 저렴이 옷들은 여기서 사렴 '지하상가'

몇 만 원으로 양손 두둑이 쇼핑을 할 수 있는 '지하상가'는 설날에 세뱃돈을 받거나 아르바이트비를 받고 나면 어김없이 가던 곳이다. 저렴한 가격에 놀라 상가 입구에 있는 옷가게에서 바로 사고 나면, 반 바퀴 정도 돌았을 때 쯤 점점 낮아지는 가격에 후회가 밀려온다. 지하상가는 최소 두 바퀴 정도는 돌아줘야 만족스럽게 쇼핑을 할 수 있다. 눈에 불을 켜고 걷다 보면 꽤 그럴싸한 옷도 건지게 된다. 역시 제일 좋은 쇼핑 노하우로는 '발품'만 한 게 없다.

하지만 그렇게 발품을 팔고 나면 발바닥엔 불이 난다. 발바닥을 진정시키기 위해 잠시 앉아 휴식을 취하고 나면 이내 한두 바퀴 정돈 더 돌 수 있을 힘이 충전된다. 그러면 다시 발품을 팔러 일어선다. '발바닥들의 개미지옥'이 따로 없지만 중독될 수밖에 없는 '건지는 맛'에 아니 찾을 수가 없는 곳이다.

◇ 살림 똥손도 걱정 없을 '살림 용품들'

지하상가엔 옷만 있는 게 아니다. 상가의 끝으로 갈수록 온갖 살림 용품들로 골목이 즐비하다. 누가 사나 싶을 정도로 요란한 조명부터 비행기를 타고 가야 볼 수 있을 법한 이국적인 그릇까지 그 종류와 품목이 다양하다. 예전엔 좀 다를까 싶어 남대문까지 가곤 했지만 웬만한 용품들은 이곳에도 있어 멀리 가지 않는다.

좀 더 위로는 꽃시장이 있어 봄이 올 때쯤 집을 환하게 밝혀줄 꽃 몇 송이를 사가도 좋다. 겨울엔 다양한 오너먼트로 트리를 환하게 장식할 수도 있고, 온갖 주방용품에 이불까지 있으니 집 꾸미기가 어렵기만 한 똥손들에겐 더할 나위 없는 천국이다. 이런 탓에 갈 때마다 지름신이 찾아오지만 참고 참다 작은 컵 하나로 만족하고 돌아온다. 하지만 집으로 돌아와 찬장을 열어보면 쓰지도 않고 쌓여 있는 컵들을 보고 있자면 어쩌면 내가 '진정한 똥손'일지도 모르겠다는 생각이 든다.

◇ 음식계의 실크로드 '백화점 지하 푸드코트'

강남고속버스터미널엔 신세계백화점이 있다. 어떻게 보면 백화점을 중심으로 볼거리와 먹을거리가 나뉜다고 봐도 되겠다. 저렴한 '지하상가' 때문인지 백화점 위론 눈길 한번 주지 않고 바로 지하 푸드코트로 향한다. 기분 탓인지 모르겠지만 해외 빵집도, 지방 명물반찬도 모두 이곳에 모여 흩어지는 것 같다. 음식계의 실크로드랄까? 그래서 그냥 지나친 적이 없다.

어쩌다 어렵사리 유혹을 이기고 나올 때도 있지만 돌아가는 길에 만나게 되는 '세일 타임'에 참았던 유혹이 두 배로 폭발한다. 빵이고, 떡이고, 만두고… '맛만 봐야지'하고 사면 이건 뭐 뷔페가 따로 없다. 그래도 집으로 돌아와 가족들과 나눠 먹을 때면 그냥 지나치지 않은 게 잘한 것 같다.

프리랜서가 되면 야근이 적어지고, 내 시간을 정말 내 마음대로 쓸 수 있을 줄 알았다. 하지만 그건 어디까지나 '고정수입'과 '규칙적인 업무시간'이 확보된 상황에서나 가능한 일. 게다가 진상 고객이라도 만나게 될 때면 새벽 퇴근은커녕 집 밖으로 한 발짝도 나올 수가 없다.

그렇게 몇 날 며칠을 작업실에서 보내고 나면 몰골은 엉망이 되지만 해냈다는 생각에 가끔 뿌듯하기도 한다. 그렇게 책상 앞에서 퇴근하고 나면 바로 옆, 세 발자국도 안 되는 거리의 이불 속으로 뛰어든다. 출퇴근이 공존하는 이 공간이 때론 갑갑할 때도 있지만, 작업하다가 대자로 방바닥에 누워 스트레칭을 할 때면 이런 사무실도 썩 나쁘지만은 않은 것 같다.

고정 수입이 없고, 의뢰가 들어올 걸 예상할 수 없는 탓에 들어오는 작업들은 대부분 진행한다. 하지만 이렇게 작업하던 의뢰들의 마감이 겹치게 될 때면 다시 '강제 집순이 모드'로 꼼짝없이 앉아 새벽까지 일한다. 어떻게 보면 회사 시절보다 야근이 더 잦아진 것 같지만, 그래도 이렇게 견디는 걸 보면 내가 바라는 모습으로 아주 조금씩 가까워지는 기분 때문일지 모르겠다. 물론, 정말 '기분만' 그럴 때도 있다. 그럴 때면 이 모든 시간이 언젠가 내가 꿈꾸던 모습의 나를 위한 과정일 거라 위로하며 새까만 하늘에서 반짝이는 별을 보며 말해본다.

"수고했어. 오늘도."

회사도 부서도 직급도 없지만
프리하지 않은 프리랜서 라이프

초판 1쇄 인쇄 2019년 5월 22일
초판 1쇄 발행 2019년 6월 5일

지은이 김지은
펴낸이 이준경
편집장 이찬희
편집팀장 이승희
편집 김아영, 이가람
디자인부장 강혜정
디자인팀장 정미정
디자인 정명희
마케팅 정재은
펴낸곳 지콜론북

출판등록 2011년 1월 6일 제406-2011-000003호
주소 경기도 파주시 문발로 242 파주출판도시 (주)영진미디어
전화 031-955-4955
팩스 031-955-4959

홈페이지 www.gcolon.co.kr
트위터 @g_colon
페이스북 /gcolonbook
인스타그램 @g_colonbook

ISBN 978-89-98656-85-0 03810
값 14,800원

이 도서의 국립중앙도서관 출판예정도서목록(CIP)은 서지정보유통지원시스템 홈페이지(http://seoji.nl.go.kr)와
국가자료종합목록시스템(http://kolis-net.nl.go.kr)에서 이용하실 수 있습니다. (CIP제어번호 : CIP2019018842)

지콜론북 은 예술과 문화, 일상의 소통을 꿈꾸는 (주)영진미디어의 출판 브랜드입니다.